メルヘン誕生

向田邦子をさがして

高島俊男

いそっぷ社

メルヘン誕生——向田邦子をさがして

メルヘン誕生―向田邦子をさがして◉目次

装幀——緒方修一＋高橋清美
カバー写真——溝口誠司
（昭和のくらし博物館）

第一章

湯タンポのぬくもり

一　古風の魅力

向田邦子の文章は男の文章である。

一つ一つのセンテンスがみじかく、歯ぎれがよい。言いきってしまって余情をのこさない。余韻たっぷり、とか、情緒纏綿、とかいうところがない。そうした調子を、意識して排除している。男の文章と呼ぶゆえんである。

日本語の文章で注意を要するのは文末である。うっかりするとおなじ音がつづいてしまう。「……だった」「……した」「……言った」と「た」がつづくとか、「……いる」「……する」「……ある」と「る」がつづくとかいったふうに。日本語は述語がおしまいにくるから、最後は「た」「る」「い」「う」などいくつかにかぎられる。これをうまく配置して変化をつけてゆくのが向田邦子はうまい。この人の文章が調子よく感じられるのはそのゆえである。

『父の詫び状』「身体髪膚」の、弟が縁側から落ちて頭にこぶをつくった、その夜のくだりにこうある。

〈客間には煌々《こうこう》と明りがつき、弟が客布団に寝かされている。そのおでこには大きな馬肉がのっかっている。馬肉は熱を取り腫《は》れを除くというので、取り寄せたらしい。枕もとで、腕組みした父がこの世の終りといった思いつめた顔で坐っていた。〉

おのずから起承転結の法にかなっている。

まず、「寝かされている。」「のっかっている。」と「いる」が二つつづく。これは言いかさねの手法である。「起」の第一文はへや全体をうつし、「承」の第二文は上をうけて弟のおでこという一部分に焦点をあわせる。凡手ならば「……客布団に寝かされていて、そのおでこには……」とつづけるであろうし、それでも意味内容にかわりはないのだが、ここで切って言いかさねるほうがおもしろいのである。

第三文は「取り寄せたらしい。」と転ずる。このセンテンスはへやの情景ではない。だから「転」なのである。へやの情景ばかりでは単調になる。おしまいはまたへやの情景にもどって「坐っていた。」としめる。無論この父の姿がメインなのである。文末は「る」「る」「い」「た」のくみあわせである。

「この世の終り」ということばが実によくきいている。この一段がいかに起承転結の法にかなっていても、もしおしまいが単に「枕もとで、腕組みした父が思いつめた顔で坐っていた。」であったとしたら、これはつまらない。

実は弟の頭のこぶは、そうたいしたことではないのである。客間に客布団を敷き、夜中にこうこうとあかりをつけて、大きな馬肉をのせるほどのことではない。しかし父親にとっては、むすこが頭を打ったのは一大事である。それも自分が作った池のセメントに頭をぶつけた、つまり下手人は自分なのであるからいよいよ深刻だ。そこで「この世の終り」ということになる。このことばが、この場面の滑稽的効果をもりあげている。のみならず、弟のこぶがたいしたことではないのだということをあかしているのも、「この世の終り」ということばなのである。もしほんとうに、生死の境をさまよっているとか、これきり意識を回復しないかもしれないとかいった事態であったならば、「この世の終りといった」などという茶化した形容は、もちいられるはずがない。

つまりこの語は、弟のけががたいしたことではないのを直接にはそのことを言わずに説明し、父親の深刻な心境をうつし、さらにそれがはためにはおかしいことを語っている。だから、この場面はもうこの語しかない。そういう「これしかない」ということばがスラリと出てくるというのは——これはもう才能であろう。文章の訓練をしたい人は、この一段あたりをくりかえし読んで暗誦するとよい。文末の変化の呼吸などは体得できるだろう。

向田邦子の文章は、短い歯ぎれのよいセンテンスを、文末に変化をつけながらかさねてゆく。文末は「た」と「る」が多く、それに「い」や「う」をまじえて調子をととのえるのだが、主軸になるのは「である」である。つまり向田邦子の文章は「である」を中心にしてはこんで行く文章である。「である」はきっぱりと言いきる口調である。いさぎよい感じをうけるのはそのゆえだ。

たとえば、ふつうは「邦子は小学校四年の時肺炎にかかった」と言うところを、「邦子が肺炎にかかったのは小学校四年の時である」と言うのが向田邦子の文章である。すこし読みなれた人なら、たちまちいくつもの「……のは……である」に思いいたるだろう。「うちへ帰ったのは十二時過ぎである」のようにごくみじかいのから、「取引と遊びを兼ねて、庄治がバンコクからシンガポールへ飛び、十日ほど日本を留守にしたのは、夏の盛りのことである」のごとく、かなり長いのまで。

ただし、これはあまりまねをしないほうがよい。へたをすると押しつけがましくなる。

もう一つ読んでみよう。『父の詫び状』「お辞儀」の一節。

〈半年ほど前、母の心臓の調子のよくないことがあった。発作性頻脈《ひんみやく》といって、一時的に脈搏が二百を越すのである。直接生命に別条はないというものの、本人もまわりも不安になり検査入院ということになった。この大晦日《おおみそか》で満七十歳になる母は息災な人で、お産以外は寝込んだことがない。入院は生れて初めての体験である。一カ月ほどで退院出来るから心配ないといってきかせたのだが、死出の旅路にでかける覚悟で出かけたらしかった。〉

文末だけを見ると、「……があった」「……のである」「……になった」「……がない」「……である」「……らしかった」とならぶ。過去のことを記述しているのだから「た」が多いのは当然だが、あいだに「のである」「である」をはさんで調子をかえるとともに文章をきりっとしめている。通して読んでみれば、センテンスの長短の配置も当を得て、まことに好調な、みごとな文章のはこびであることが理解できると思う。

おなじく「子供たちの夜」。

〈冬になると、風邪を引くという理由で、子供はお風呂は一晩おきであった。その代り、お風呂に入らない晩は湯タンポを入れてくれる。夕食が終って台所をのぞくと、祖母が草色の大きなヤカンから、湯タンポにお湯を入れていた。把手《とって》のついた口金を締めると、チュウチュウとシジミが鳴くような音を立てた。それを古くなった湯上りタオルで包み、子供用のは蹴飛ばして火傷《やけど》をするといけないというので、丁寧に紐でゆわえるのである。〉

比較的短いセンテンスを四つかさね、おしまいにやや長いセンテンスをおいてある。それを「のである」で結んであるから、一段のすわりがいい。そこまでの四つのセンテンスのうち、二つめが「くれる」と現在形である。もしこれが「その代り、お風呂に入らない晩は湯タンポを入れてくれた」であったら、意味にかわりはないけれども、「あった」「くれた」「入れていた」「音を立てた」と「た」が四つつづいてたちまち平板になる。一つ現在形を入れることによって文章が立体化している。

ただ「ヤカン」というのではなく「草色の大きなヤカン」という。ただの「口金」ではなく「把手《とって》のついた口金」である。これで読者の眼前にそれらのすがたが見え、情景がうかぶ。

「チュウチュウとシジミが鳴くような音を立てた」がうれしい。お湯を湯タンポの口までいっぱいに入れると音はしない。八分めほど湯を入れて口金をしめると、チュウチュウ音がする。なかの空気が熱せられて膨脹し、外へ出ようとする音なのであろう。八分めでやめるのは、子供が多く湯タンポのかずが多いからである。子だくさんの家が多かった時代の情景である。これをつつむのは、古い湯あがりタオルが一番足ざわりがよかった。

上にひいた「お辞儀」の文中に「母は息災な人で」というところがある。こういうのが向田邦子独特の用語で、この人の文章の魅力の重要な一部になっている。

「無病息災」という成語でならばともかく、「息災」を単独でもちいる人はあまりない。ふつうは「丈夫な人で」とでも言うところである。しかし「丈夫」や「頑健」と、「息災」とはちがう。「息災」には、もともと病気になりにくい体質にめぐまれてもいるのだが、同時に、これまで運よく病気やけがに出あわなかったという「幸運」のニュアンスもふくまれている。

この「息災な」に類するやや古風なことばを向田邦子は数多く使っている。「私は思うところあって、死語をどんどん使います」と自分でも言っている（「せりふ」）。古風な、と言っても、古文や漢文に出てくるようなことばではない。一昔か二昔前の人たち、それもたいがいは東京下町の人たちが生活のなかで使っていたようなことばである。

〈夢の中で駆け出さなくてもいいから、その分拳骨や口叱言《こごと》を減らして欲しいと思ったが、
……〉（「身体髪膚」）

こごとと言えば口で言うものにきまっているが、「口こごと」と重複して言うと、ただのこごとより口やかましいようでおもしろい。

〈そんなことを考えながら割箸を割ると、力の入れ具合がよくなかったのか、材質がお粗末

なのか、ちゃんと二つに割れず、片方は三分の二あたりのところで折れたりしている。一膳無駄にしてしまったと思い、手勝手の悪さを我慢して、それで済ませたりしていた。〉（『無名仮名人名簿』「蜆」）

これも、「勝手がわるい」と言えばたいがいは手のあつかいに不便なことなのだが、「勝手」ということばがやや抽象化しているだけ、もう一つ「手」を加えるとぐっと具象的になる。

手と言えば「手脚気」というおもしろいことばもあった。『思い出トランプ』「大根の月」に「あのひとは手脚気《てがっけ》だから」とある。手がテキパキとはたらかないことをいうのだが、脚気が生活と縁遠くなると手脚気の感じはいよいよつうじにくい。向田邦子は、身体検査の時腰かけにすわらされて、先生が木ヅチでひざがしらをコンとたたくと足がピョンとはねた世代なのである。

〈みかんや苺《いちご》の時期になると、私はつまらないことに気を遣って、気くたびれすることがある。〉（『父の詫び状』「チーコとグランデ」）

「気くたびれ」もよいことばである。「気」はほかに「気ばたらき」「気骨が折れる」などもある。

〈自分は遅れる癖に、他人が遅れようものなら、中《ちゅう》ッ腹になって顔に出す。〉（『無名仮名人名簿』「唯我独尊」）

中っ腹は腹を立てること、腹のなかにいきどおりを持つことである。

〈眼性《めしょう》がいいとおだてられ、遠くの看板の字が読めると威張っていた分だけ早く、近場《ちかば》が見え難くなっていた。〉（『霊長類ヒト科動物図鑑』「助け合い運動」）

眼性は眼の性《しょう》。つまり性能。

〈まるでラブ・ホテルか待合いみたいで（耳年増なので知っているのです）品格を疑われてしまう。〉（『夜中の薔薇』「小者の証明」）

耳年増は、自身の体験ではなく耳からはいった知識でだけは、おとなの世界、特に男女にかかわることを知っている、ということ。

最初の「息災な人」もふくめ、からだに関することばが多い。

こうしたことばの多くは、向田邦子がこどものころ、母親や母方の祖父母が口にしていたのをおぼえたのだろうが、しかしまたすくなからぬものが書物で知ったものなのであろう。「中っ腹」や「眼性」はともかくも、「耳年増」などということばが祖父母の口から幼い向田邦子の耳にはいったとも思えぬし、またその意味や使いかたがわかったとも思えない。そしてこの「耳年増」は、右にあげたからだに関する種々のことばのなかでも、抜群に出来のいいことばである（なお蛇足ながらここは、「行ったことはないのよ」とユーモラスに弁解しているのである）。

向田邦子の整理棚には「う」のひきだしがあって「うまいもの」に関する資料がたくさんはいっていたそうだが、こういうやや古風なおもしろいことばは、整理棚を使うまでもなく、彼女の頭のなかにキチンと保管されていて、しかるべき文脈にいたればその場にぴったりのがヒョイと出てくるようになっていたのだろう。

ただしこうしたことばは、一度か二度だから新鮮でおもしろいので、ひんぱんにもちいるべきものではない。「到来物」「冥利が悪い」「ひとかたけ」などはいささか使いすぎで、鼻につくきらいがある。

もっとも、いまわれわれは彼女の書いたものをかためて読むからそう感じるので、種類のことなる各方面の雑誌にあいだをおいて書いていた時には、そんな感じをうけることはなかったのだろうが――。


わざと古いことばを使うこともよくある。

たとえば「辞典」と言わずに「字引き」と言う。

〈買物に出たついでに、半年に一度も覗かない本屋へ入って、分厚い字引きを抜き出して引いてみた。〉（『思い出トランプ』「男眉」）

以下この「男眉」には「字引きから顔を離したり」「分厚い字引きは意外に持ち重りがして」「字引きを買う羽目になった」「字引きは三千円もした」とたてつづけに出てくる。

〈ところで、雨滴ならぬ無敵艦隊だが、スペインのフィリップ二世の艦隊で、天下無敵を誇っていた、ということは知っていたが、字引を引いたところ、無敵艦隊も負けていたのである。〉（『霊長類ヒト科動物図鑑』「無敵艦隊」）

無敵艦隊の事蹟なら百科事典か西洋史事典であろう。そのたぐいを「字引」と言う人はあまりないが、それでも断乎「字引」で通してしまうところが強情でおもしろい。

「電灯」と言わずに「電気」と言う。むかしは電気器具といえば電灯しかなかったから、「電気」と言えば電灯のことだったのである。

〈コロッケを揚げて貰い、熱々の経木《きょうぎ》の包みを捧げるようにして走って帰る子供の姿は、黄色くて暗い街の電気がともりかける夕方の景色だったが、……〉（『無名仮名人名簿』「転向」）

〈夜爪を切るとどうして親の死に目にあえないのか。

あれは多分、昔、電気がなかった頃は、ロウソクや行灯《あんどん》のあかりで、手許が暗かった。〉（『霊長類ヒト科動物図鑑』「脱いだ」）

〈……パスポートとお金の入ったハンドバッグを肩にかけ、廊下に飛び出した。朝の七時だった。

ちゃんと電気もついている。〉（同「西洋火事」）

これはニューヨークのホテルである。西洋の大きなホテルの照明を「電気がついている」と言う人はあまりなかろう。これも強情の一例だ。

そのほか――

〈それが、上野へつき、市電に乗って麻布の今井町の停留所で下りた途端に、御用になってしまったのである。〉（『霊長類ヒト科動物図鑑』「警視総監賞」）

これは昭和二十三年の話だから、市電が都電になってもう五年もたっているのだが、頑固に「市電」と言っている。

〈明治節が来ないと、どんなに寒くてもコートを着ない。〉（『無名仮名人名簿』「正式魔」）

これは昭和三十年代。明治節が「文化の日」とかわって十年ものちである。

「……のくせに」をよく使った。

〈「男のくせに何がおかしい。馬鹿！」〉（『父の詫び状』「記念写真」）

〈保険会社の安サラリーマンのくせに外面《そとづら》のいい父。〉（同「ごはん」）

〈子供のくせにお婆さんのような口の利き方をした。〉（同「薩摩揚」）

特に多いのは「女のくせに」である。

〈私は女の癖に女を信じない昔人間だが、……〉（『無名仮名人名簿』「静岡県日光市」）

〈愛想がないだけではない。女の癖に癇癪持ちで、……〉（同「おばさん」）

〈女の癖に気短かな祖母はもう腹を立てていた。〉（『眠る盃』「金襴緞子」）

〈「女のくせに横着なことを考えやがって。……」〉（『女の人差し指』「蜘蛛の巣」）

〈「女のくせに癇が強いな、お前は。もっと静かにやれ」〉（『霊長類ヒト科動物図鑑』「孫の手」）

〈「邦子は女の子のくせに薄情な奴だな。……」〉（同「知った顔」）

「のくせに」は「分《ぶん》」にかかわることばである。分は「分際《ぶんざい》」とも言い、また「分限《ぶんげん》」とも言う。男の分、女の分、こどもの分、年よりの分、商人の分、職人の分……、すべて分があるのが、かつての日本の社会であった。それぞれ、分に応じた身なり、態度、物言いがある。その範囲を逸脱するのが「のくせに」である。「こどものくせに生意気な口をきくな」「男のくせにいくじがない」というふうに。いま「のくせに」がなくなったのは、人がみな対等平等になったからである。

向田邦子は古い女で、その「分《ぶん》」の観念がしみついており、無意識のうちに文章のなかに「のくせに」が出てきてしまう、というのではない。意識的に「のくせに」と言っているのである。つまりこれは一種の挑戦であり、主張である。一つは「人それぞれの分のある社会のほうがうつくしかった」という。もう一つは、いまや人がきらって使わなくなった「のくせに」をのこしたい、とりわけ「女のくせに」をのこしたいという――。

同様にまた向田邦子は、「女性」と言わず「女」と言う。これは、向田邦子の書いたものだけを読んでいれば「女」はいくらでも出てきて何の奇もないが、だれもかれもが「女」を忌避し「女性」と言うようになった現代日本の文章のなかにおいてみれば、すこぶる異彩をはなっている。「女性」は一つへだてをおいた言いかたであり、「女」はへだてのない、なまな言いかたである。

最もめざましいのは「ゆく」である。向田邦子は「いく」をきらい、断乎として「ゆく」を使った。

わたしが最初に向田邦子の文章に注目したのはこれであった。もちろん、現在の日本人の口頭語ではすべて「いく」である。「ゆく」は「ゆかず後家」とか「ゆきはよいよい帰りはこわい」とかの、きまった表現のばあいにしか言わない。しかし文章のなかで「いく」はきたない。「ゆく」がうつくしい。

向田邦子の「ゆく」は、これはもう全著作そうなのだから、例は何百とあってあげ出したらきりがない。集中的に出てくる『霊長類ヒト科動物図鑑』の「知った顔」をひく。

〈幸い、いまの都会は人通りも多く、道にも看板やらポストやら、バイクやらが置かれてあり、何もない一本道を、こちらからも一人、向うからも一人、逃げもかくれも出来ない状態で近づいてゆく、ということは、まず無いので、……〉

〈自分は薄べったい書類カバンを持ち、どんどん先に歩いてゆく。〉

〈持ってゆくのはいいとして、何とも具合の悪いのは……〉

〈夕方になって雨が降り出すと、傘を持って駅まで父を迎えにゆかされた。〉

〈私は傘を持って駅へ急いだ。早くゆかないと間に合わない。〉

〈ひとり暮しの心易さで、そのまま居間にゆき、受話器をとった。〉

この人の強情なところは、会話の場面でも登場人物に「ゆく」をつかわせたことだ。

「この子はすぐにでも料理屋へお嫁にゆけるねえ」（『父の詫び状』「お軽勘平」）

「うちの息子は撫で肩で、縁日なんかゆくとよく羽織を落っことすのよ。」（同「ねずみ花火」）

「出てゆけ」「出てゆきます」（同「隣りの匂い」）

「そういうことでは本屋へヨメにゆけないぞ」（『夜中の薔薇』「本屋の女房」）

「もう邦子は連れてゆかないぞ」（同「言葉は怖ろしい」）

「テレビの脚本を一本書くと一日スキーにゆけるよ」（『男どき女どき』「わたしと職業」）

どれも実際の発言は「いく」だったにちがいないが、それを文章のなかでもちいる際は「ゆく」にしているのである。

地の文も会話部分もふくめて、向田邦子が「いく」をもちいているのは「いきましょう」だけである。

〈Mさんは、――やっぱり本名でいきましょう。森光子さんである。〉（『父の詫び状』「チーコとグランデ」）

〈「お母様、タクシーでいきましょう」〉（『無名仮名人名簿』「席とり」）

〈「面白い。それ、いきましょう」〉（『眠る盃』「水虫侍」）

なぜ「いきましょう」だけそうしたのかわからない。せっかく全部「ゆく」で通しているのだからこれも「ゆきましょう」でもよさそうに思えるが――。「い」「き」と同じイ段の音がならぶほうが口調がいいと考えたのかもしれない。

二　安易な一面

向田邦子は、ことばの感覚のするどい人であった。また、文章のじょうずな人であった。つみかさねてゆく一つ一つのセンテンスに変化があり、その変化がこころよい諧調をなす。これは天性のものであろう。戦後の、新かなづかいで文章を書いた人のなかでは、一番うまいと言ってさしつかえないのではないか、と思う。

しかしまた一面、かなり投げやりな、粗雑なところもある。これは一つには、期限のさだめのあるものを、ゆとりを持って書きはじめず、ギリギリになって着手するために推敲のいとまがなかったことにもよるのだろう。文章は、書きおわったあとたとえ一晩でも「寝かせる」ことが必要である。おそらく向田邦子は、文章を寝かせたことがなかったであろう。

この、あわただしく書いたことのほかに、用語の点でも無神経なところがある。ここでは「初老」の頻出についてのべよう。

日本語には人の年輩をあらわすことばがいろいろあるのだが、向田邦子の文章にはまず出てこない。「老人」「年より」といったありきたりのことばさえほとんど出てこない。ある程度以上

（多分五十歳くらいから上なのだろう）は全部「初老」一語でまにあわせてしまう。
もともと「初老」は四十歳の異称なのだが、一般的にはもうすこし漠然と四十すぎぐらいの年ごろをさす。初老は「老人」や「老齢」とおなじではない。その一部分でもない。まだ、老齢にはへだたりがあるのだが、しかしもはや若くはない、老いのきざしがちょっとしたところ――たとえばふと気がつくと髪に白い毛が二三本出てきているといったふうな――にあらわれた、その年ごろを言うのである。

向田邦子はもとよりそういうことは知らない。それをせめるわけではない。ことばの意義をよく知らないで使ってしまうのはありがちのことであるから。

ただこの人のばあいは、その使いかたがあまりにもズボラである。どうもこの人は「初老」という語を、一種の敬語と思っていたのではないかという気がする。ほんのちょっとだけ出てくる人物であっても、「老人」とか「高齢」とか言っては失礼にあたる。「初老」と言えば敬意を表したことになる、とおもっていたのではないか。

向田邦子はしばしば自分が古い感覚の女であることを誇るが（またたしかにその一面のあったことはまちがいないが）、そういう点では、まったく戦後の女である。人を老人として遇するのが、その人に対して敬意をあらわすゆえんであった時代が、ついこのあいだまであったことを知らない。ふるいことを言えば、芭蕉は四十歳で「芭蕉翁」あるいは「蕉翁」と呼ばれた。これは弟子たちの尊敬の念の表現である。いまの「先生」とおなじである。福澤諭吉は「福翁」と呼ばれた。また幕府や諸藩の最高の地位に列する人たちを「老中」「家老」と言った。かならずしも老齢の人ではなく、二十代でも三十代でも、地位の高い人は老人として遇した、つまり敬意を表したのである（なお、老中の「中」は「女中」や「連中」の「中」とおなじで「人たち」の意）。相撲の世界ではその最初から、指導者たちを「年寄」と言う。こうした、人を老人として遇することが敬意の表現である習慣、ないし感覚は、明治以後もおなじであった。それが変化しはじめたのは大正デモクラシーの時代以後であり、はっきり逆転したのは戦後である。人を、実際の年齢より若い人とみなすことが、その人をよろこばせることになり、ひいて敬意の表現になった。逆に、年よりあつかいすることが軽視の表現になった。向田邦子はこの感覚である。だから老人は、とりあえず「初老」と言っておくのが無難だと思っているのであろう。

『父の詫び状』からひいてみよう。

〈信号待ちで並んだ隣りの車の中で、同じ花瓶を手にしていた初老の紳士がおいでになった。〉（「隣りの神様」）

〈ところが、つい先だって通りかかると、初老の男性が、鳥居に寄りかかって靴を脱ぎハダシになり、ポケットからセロハンに包んだ黒い靴下を取り出し、正札を取ってはき替えている。〉（「隣りの神様」）

〈十年間に間違い電話を含めてユニークなものも多かったが、私が一番好きなのは初老と思われる婦人からの声であった。

「名前を名乗る程の者ではございません」〉（「お辞儀」）

〈式台に手をつき入ってきた初老の人にお辞儀をした。〉（「お辞儀」）
〈私は運転手の相槌を期待したが、初老の運転手は黙っていた。〉（「車中の皆様」）
〈国電品川駅のそばの派出所で、初老のお巡りさんが長々とお説教を始めた。〉（「学生アイス」）
〈父は当時下町に下宿していたが、近所にひどく羽振りのいい初老の男がいた。〉（「わが拾遺集」）

ちょっと出てくる人物はみな「初老」である。実際の年齢はさまざまなのであろう。つまりこの人の「初老」は限定された幅を持っていない。だから、電話の声を聞いて「初老と思われる婦人」というのはずいぶんおかしい。引用した部分のあとの話しぶりを読むと、七十代くらいの人ではないかと思われる。これなどはあきらかに、敬語としてもちいているつもりなのであろう。ただしもとより、「初老と思われる婦人」では、敬語にも何にもなっていない。「かなりのお年」「お年をめしたかた」などとすれば敬意をあらわすことができる。

『無名仮名人名簿』から。

〈「なんだ、こりゃ」
初老の労務者だった。〉（「なんだ・こりゃ」）
〈「なに、やってんの」
酔った初老の男であった。〉（「なんだ・こりゃ」）

この二つはつづけて出てくる。

〈カウンターの向う側で、指図をしたり味見をしている初老のシェフ（料理長）がいる。〉（「唯我独尊」）

〈声をかけたのは角に立っていた初老の男で、「アルサロ」の看板を持った呼び込みであった。〉（「普通の人」）

〈長い間、野良で力仕事をして来た手らしく、ひしゃげた爪の間に黒いものが染みついている初老の男もいたし、……〉（「隠し場所」）

〈いつかテレビで、品のいい初老の婦人がはなしておられたのが心に残って、……〉（「自信と地震」）

〈手早く道順を告げると、初老の運転手は、「はい」と「へい」の間の音で返事をしてから、……〉（「目をつぶる」）

〈夜十一時頃、渋谷の道玄坂の中ほどで、かなり酔った初老の男に道をたずねられたことがあった。〉（「道を聞く」）

こういう無神経さは、テレビドラマの台本を書いていたことから来たものではないかと思う。ドラマの台本ならば、表現はこの「初老」ということばで完結しない。何でもいい、とにかく若くない人物であることさえ指定しておけば、その台本をもとにドラマを作る人たちが、それぞれの場面にふさわしい役者を物色して登場させる。もし上に引いた各場面がドラマになったとしたら、年齢も風貌もまちまちであろう。表現は、テレビ画面にあらわれるその役者の顔つき体つきや身なりふるまいによって完結する。台本は映像へみちびく通路であればよい。

しかし文章は、書いたものが最終である。だれもそれに容姿風貌をつけくわえてくれない。そのまま直接読者の前へ出る。

もとより聰明な向田邦子が、それを知らなかったはずがない。しかしやはり、つい、よく知っているある役者を思いうかべながら「初老の男」と書いておけば、あとはその役者が画面に出てうまくやってくれる、といったふうな甘い考えで文章を書いてしまうことも、あったのではないか。

テレビドラマの台本づくりは、向田邦子の文章に、よい果実――視覚的な場面づくりとか気のきいたせりふとか――をもたらしもしたろうが、ついまだこの先があるような気がしてしまうという、否定的な影響ものこしたのではないか。

三

三島ぎらい

向田邦子の文章は男の文章であると言った。当人は何とも思わず書いたものを、はたから見ればこれは男の文章だ、というのではない。意識的に男の文章を書いたのだ。

この人は、女であるのを売りものにすることをきらったし、女であるから甘く見てもらおうという根性をにくんだ。

向田邦子は、女より男のほうがりっぱだと思っている。女は概してダメだと思っている。「私は女の癖に女を信じない昔人間」(『無名仮名人名簿』「静岡県日光市」)と言うとおりである。

だから、男に対して、女の権利を認めろ、などと言わない。そういうことを言いたがる女を軽蔑する。そして、自分を男の仲間だとするのである。男を同輩として、女を他者として見ている。男には共鳴するが女には同情がない。

この意味で、向田邦子はふるい女である。こんにちならば、女が男になろうとする必要はない。女は女のままで男と対等だからである。

向田邦子が敬意をはらう女は、男に負けない、いやふつうの男よりずっと上等の、頭脳、手腕、あるいは気っぷを持つ女のみである。若くてきれいなだけの女なぞは歯牙にもかけない。それをたいしたことであるように思っている女を唾棄する。

写真を見ると、若いころの向田邦子はなかなか美人である。しかしその「女性的魅力」のゆえにちかづいてくる男に対して、この人は多分つめたかったであろうと思う。向田邦子が男に認めてもらいたいのは別のことなのである。無論自分が美しいことはいやなことではないし、それが認められるのはうれしいであろうが、それだけでは不足なのである。男がよき友の条件とするようなものを自分に見出してもらいたい。知識とか、才華とか――。古い歌の文句を持ち出すならば、「友を選ばば書を読みて、六分の侠気四分の熱」である。

男が好きであった向田邦子の三島由紀夫ぎらいはおもしろい。

『思い出トランプ』の「りんごの皮」にこういうところがある。

〈チグハグな色のものを身につけるくらいなら、何年も着た黒いセーターでいる方がいい。スピッツが嫌い、クイズ番組も見ない。花柄の電気製品は断固として買わない。小指の爪を伸ばした男、赤いネクタイをする男、豪傑笑いをする男は嫌い。こんなことばかり気にして三十年を暮して来たような気がする。〉

小説の登場人物時子のことを書いているのだが、この一段はまったく作者向田邦子のことである（そしてまた、時子は、五十歳の女事務員、という作者自身とはよほど境遇のちがう人物として設定されているはずなのに、こんなふうにときどき向田邦子が登場人物になりかわって生身の顔を出す――まるで役者が舞台上で突然衣裳もかつらもかなぐりすてたみたいに――のがこの作品を支離滅裂なものにしている一つの原因なのだが、そのことはさておく）。

小指の爪を伸ばした男も赤いネクタイをする男も、思いうかべている実人物があるのだろうが、無論わたしにはわからない。いずれも両性具有的なところが気持がわるいのである。そして「豪傑笑いをする男」は、ここでは言っていないが、三島由紀夫をさしている。これも両性具有的で気持がわるいのである。

男のなかには女の成分がある。その成分の多いすくないは人によりいろいろである。三島由紀夫はそれが平均的男よりはだいぶ多い人であった。また不幸なことに三島由紀夫は人並はずれて鋭敏な人であるから、自身がそうであることをよく知っていた。恥じてもいた。そこでボディビルをやったり剣道をやったり、胸毛を見せびらかしたりした。豪傑笑いもその「女成分覆いかくし」のくるしい虚勢である。そのウソっぽさを、極度に敏感な女である向田邦子が嗅ぎとるのである。つまり、男が男っぽく見せるのを、女みたいだ、と向田邦子は見抜いているのである。三島由紀夫の豪傑笑いがきらいなのは、豪傑笑いのすぐうしろにすいて見えるひよわさがきらいなのである。怜悧、敏感で、女的な要素の強い三島由紀夫と、おなじく怜悧、敏感で、男的な要素の強い向田邦子とは、実はかなりよく似ている。

右のことを知らなければ、なんで豪傑笑いが小指の爪の長いのや赤いネクタイとならんで出てくるのか、理解できないだろう。

死ぬ直前にこう書いている（『女の人差し指』「骨」）。ちょっと長いが全段をひく。

〈友人に料亭の女あるじがいる。

その人が客の一人である某大作家の魚の食べっぷりを絶賛したことがあった。

「食べかたが実に男らしいのよ。ブリなんかでも、パクッパクッと三口ぐらいで食べてしまうのよ」

ブリは高価な魚である。惜しみ惜しみ食べる私たちとは雲泥の差だなと思いながら、そのかたの、ひ弱な体つきや美文調の文体と、三口で豪快に食べるブリが、どうしても一緒にならなかった。

そのかたは笑い方も、ハッハッハと豪快そのものであるという。

なんだか無理をしておいでのような気がした。

男は、どんなしぐさをしても、男なのだ。身をほじくり返し、魚を丁寧に食べようと、ウフフと笑おうと、男に生れついたのなら男じゃないか。

男に生れているのに、更にわざわざ、男らしく振舞わなくてもいいのになあ、と思っていた。

その方が市ヶ谷で、女には絶対に出来ない、極めて男らしい亡くなり方をしたとき、私は、豪快に召し上ったらしい魚のこと、笑い方のことが頭に浮かんだ。〉

痛烈である。いったい向田邦子は、めったに皮肉な物言いをしない人なのだが（なぜならそれは男らしくないから）、これはずいぶん皮肉だ。女の物言いである。その皮肉な言いかたに、向田邦子の三島由紀夫ぎらいが遺憾なくあらわれている。同時にこれは、この人がどんな男が好きであるかも雄弁に語っている。

それでは向田邦子は男をよく知っていたかというと、そうではなさそうだ。むしろ、こんなに男を知らないで小説を書いた女の作家もめずらしいのではないか、という気がする。

久世光彦さんがこう書いていらっしゃる（『触れもせで――向田邦子との二十年』）。

〈向田さんという人は、男が女を買うということ、あるいは女が体を売るとか、春を鬻《ひさ》ぐとかいうことが、本当のところどういうことなのか、判っていなかったような気がする。単に知識ということだけから言っても、あの物識《ものし》りで聞こえた人が、この方角には極端に弱かった。最後まで、昔の女学生並みだったのではなかろうか。ふだんの話の中でも、話題がそっちの方へ行くと妙に狼狽《ろうばい》するようなところがあった。気に染まなかったり、面白くなかったりしても、あからさまに避けたりしないで、どんな話の中にも上手に入れる人だったのに、トルコや昔の遊廓《ゆうかく》の話になると、ふと気がついたようにお茶をいれに立ったりするのである。〉

まことにそのとおりだったのであろう。戦前の東京山の手の、よごれのないサラリーマン家庭に育った人だということもあるのだろう。テレビドラマの台本など書いているから、一応世のなかのこと何でも知っているような顔をしていて、ほんとうはごくウブな、スレたところのない人だったのだろうと思う。なお、未婚ということはあまり関係なかろう。家庭を持ちこどものある人でも、そういう純な女の人というのはいくらもあった。

この人が情事のからまる小説ばかり書いたのは、男を知らないゆえに、それ以外の男の葛藤というものを思いつけなかったこともあるにちがいない。

この人の小説に出てくる男は、たいがいダメである。書けていない。脇役やチョイ役で出てくる人物で、淡彩でサッと描いたようなのはうまいのもあるが、一篇の中心となる人物で実在感をそなえたのはない。ほとんどが、妻以外の女がある男、というだけのいたって底の浅い人物で、どれも似たりよったり、区別がつかない。

あるいは向田邦子自身、男が書けないことをよく承知していて、そこでほかに女をつくる話にしたてることによって実在感をもたせようとしたのかもしれない。

性のことが男女のいずれにとって重いかと言えば、それは女にとって重いにきまっている。女が次世代を生まなければ人類は絶えてしまうのだからそれは当然である。対して、男にとって性は、多くのばあい、第二義である。妻以外の女をかこう男は向田邦子のえがくごとく数多いのかもしれないが、そのことが人生の第一義である男は多くはなかろう。女は自分の腹のなかでこどもを十か月育て、出産してのちまた長く育てるが、男の心は、その最初の原因をつくったあとは、たいてい他のことにむかっている。

しかし、女といえども、性が人生のすべてではない。そのことを向田邦子は十分にえがいている。ならば、男にとってはもっとそうであるはずではないか。

向田邦子の小説では、男女が逆転している。女は、性以外のさまざまな生活を持っている。ところが男は、性以外にはほとんど何もない。サラリーマン、とは言っても、そのつとめ先で、どういう任務をおびているのか、どういう責任を負っているのか、どういう難題に脳漿をしぼり身をすりへらしているのか、何もえがかれない。えがかれるのは、どう女を手に入れたとか、女のアパートにかよっているかとかばかりである。

向田邦子は男が好きであった。男を尊敬していた。その男には、性よりももっとだいじな——すくなくとも性のことよりもはるかに多くの時間をそのことにむけ、頭をつかい、魂をかたむけていることがある。事業とか、学問とか、あるいは一昔前なら（それが向田邦子のえがいた時代なのだが）、理想とか、社会正義とか。

そして、女がひかれるのは、すくなくとも向田邦子のようなまともな女がひかれるのは、助平な男が女に出すちょっかいなどではなく、そうした、人間を動物からわかつもの、高貴なもの崇高なものに魂をかたむける男の姿であったはずだ。

ところが、向田邦子の小説にあらわれるのは、身も蓋もなく言ってしまえば、ただ助平なだけの男ばかりである。そういう男をえがいておけば客はよろこぶ、と向田邦子は思いこんでしまったのだろうか。

助平がいけないというのではない。女のからだに次世代の種をおとさねばならぬという生理的圧迫を負うている以上、男はみな多かれすくなかれ助平であろう。しかし、助平なだけではあんまりなさけない。おもてをあげ、遠いところを見ている男に、向田邦子は出会うことがなかったのだろうか。

だとすれば、向田邦子はたしかに不幸な女であった。

第二章　メルヘン誕生

一　なつかしの昭和十年代

〈向田邦子は突然あらわれてほとんど名人である。〉

向田邦子を評したことばのなかで最も人に知られるのは多分これであろう。山本夏彦さんの言である。さすがにうまいものだ。

いつ、「突然あらわれてほとんど名人」なのか。山本さんはおなじ文章のなかでこう書いている。

〈私が向田邦子の名を知ったのは彼女が『銀座百点』に連載を書きだしてからである。〉

『銀座百点』は、東京銀座の著名商店の組織である「銀座百店会」が出している宣伝誌である。わたしは、人にたのんで向田邦子が書いていたころのを手に入れてもらった。月刊。横長で毎号百五十ページくらい。広告が多い。というよりほとんどが広告で、そのあいだに読みものがはさまっている。色刷り広告はノンブル外、つまりページ数にはいっていないので、右に「百五十ページくらい」とあいまいな言いかたをしたのである。その読みものも、銀座に関するものが大部分である。

向田邦子は、昭和五十一年（一九七六）のはじめから、この雑誌に随筆を連載した。はじめは、隔月に書いて一年間、つまり六回でおわる約束であった。それが評判がよかったのでつづけて書くこととなり、それもつぎの年からは毎月になって、結局三年目の六月号、第二十四回までつづいた。分量は毎回四百字づめ十五枚。昭和五十三年の六月におわって、同年十一月に文藝春秋から単行本『父の詫び状』になって出た。その後文庫本になり、あわせると百万の単位で売れた。連載をはじめた時はだれも思いよらなかった大成功を博したわけである。

『銀座百点』の連載は、一回一回にはそれぞれの題がついているが、全体を通しての題はない。単行本では、連載第十七回の「冬の玄関」を「父の詫び状」と改題し、ひきあげて巻頭に配し、さらにそれを全体の題とした。

この処置は象徴的である。

『銀座百点』連載は、食べものの思い出を書く、というもくろみではじめたものである。それにもうひとつ、題はなんらかの成句（主として映画のタイトル）のもじりでゆく、ということにしてあったらしい。

食べものの思い出、となると、これはだれでもそうだろうが、印象がつよくてよくおぼえているのはこどものころに食べたものだ。こどものころに食べたもの、となれば、附随的に家族が出てくる。

しかしはじめのうちは、家族はあくまで添え役であって、主役は食べものだったのである。

ところがこの『銀座百点』連載が、たいへん評判がよい。「おもしろい！」という声が、しきりに筆者の耳にはいる。

これには、最初の一年は隔月掲載だったというのがさいわいした。好評が十分に耳にはいってから、次の回を書くことになる。

だれもがおもしろいと言う、その、どこがいいのかと言えば、主役の食べものの話ではなくて、家族がいい、特にあのお父さんがいい、というのである。

そのお父さんというのは、なにも特別のお父さんではない。敗戦のころまでは日本じゅうどこにもいた、一番ふつうのお父さんである。

家族のなかで一人だけはたらいていて——つまり収入を得るしごとをしていて、家族全員を食わしている。とりもなおさず、一家の生存を双肩にになっている。だからいばっている。こどもをどなりつけることもあるしひっぱたくこともある。だから「お父さんにいいつけますよ」と言われるとこどもたちはふるえあがる。

こどもたちを愛してはいるのだが、その表現ははなはだぶっきらぼうであるから、こどもにはつうじない。おとなになってからやっとわかる。

そういう一番ふつうの父親像は、従来の文学作品に出てこなかった。それはそのはずで、そんなありきたりの人物では文学作品にならない。それが日本の文学の常識だった。いくじなしで人にだまされてばかりいるとか、大酒飲みで妻子をほうり出してほれた女に入れあげるとか、そういうまともでない男であってはじめて文学作品の登場人物たる資格がある。

ところが向田邦子の食べもの随筆は食べものが主役なのだから、人物はなにも特異な人物である必要はない。まじめに働き、家族を守り、妻や子に弱みを見せず、無口で威厳があってこわい、そういうありきたりの父親でじゅうぶんである。

ところが戦後三十年たってみると、そういう典型的な父親があまり見あたらなくなってきていた。それがまたさいわいした。

それで、多くの読者が、自分の父親にそっくりだ、と思ったのである。食べもの話の添え役であっても、さすがに向田邦子の筆は、典型的な父親像を的確に、鮮明にとらえていたのだ。

そういう読者の好評に影響されて、『銀座百点』連載は、徐々に食べもの話から家族の物語へと重心をうつした。いわば、向田邦子はおみこしに乗ってしまったのだ。かついでいるのは愛読者たちである。乗っている向田邦子に、かつぎ手たちは、さあ、昭和十年代の、東京のサラリーマン家庭のほうへやってくれ、たのもしくてガンコで不器用で、涙がこぼれるほど妻やこどもたちを愛しながらそんなそぶりは毛ほども見せぬお父さんのほうへやってくれ、と声をかける。乗り手たるもの、そっちへむかわざるを得ない。

はっきり食べもの話からはなれたのは、連載第十一回、昭和五十二年（一九七七）五月号の「身体髪膚」からである。もっとも、こまかく言えばその前、連載第十回昭和五十二年四月号の「心に残るあのご飯」が、路線変更の過渡期を明瞭に示している。食べものを表に立てながら、主題はすでに「家族」、その中心である「父親」にシフトしている。

『銀座百点』連載と、『父の詫び状』との配列を対比したものを別表としてかかげた。気づくことがいろいろある。

まず、『銀座百点』連載の最初の一年余のものは、『父の詫び状』ではおしまいのほうにまわされている。題も、成句のもじりから簡潔な題にかえられている。

連載第一回の「わが人生の「薩摩揚」」、これは映画「わが青春のマリアンヌ」のもじりであろうが、『父の詫び状』では、「薩摩揚」とそっけない題になって、二十三番め、つまりおしまいから二つめにさがっている。

連載第二回の「東山三十六峰静かに食べたライスカレー」は言うまでもなく「東山三十六峰静かに眠る丑満時《うしみつどき》」のもじりだが、「昔カレー」とごくおとなしい題になって、二十一番め。

連載第三回の「お八つの交響楽」、これはモーツァルト「おもちゃの交響楽」のもじりだが、「お八つの時間」となって、十九番め。

連載第四回の「アイスクリームを愛す」は「アイス」と「愛す」のしゃれだが、なお「……を愛す」という題の映画があったのかもしれない。「学生アイス」と改題して十五番め。

第五回の「卵とわたし」は「王様と私」のもじりであろう。これはこのままの題で二十四番め、つまり一番おしまい。

かわって、連載後半のものが『父の詫び状』では上へあがってきた。

前述のごとく、まず連載第十七回の「冬の玄関」。全篇父を書いたものである。これを、改題して「父の詫び状」と題にも「父」の字を入れ、巻頭に置き、また本のタイトルとした。

「銀座百点」連載時の発表順序

発表順	題名	単行本での順序
①	わが人生の「薩摩揚」	23
②	東山三十六峰静かに食べたライスカレー	21
③	お八つの交響楽	19
④	アイスクリームを愛す	15
⑤	卵とわたし	24
⑥	チーコとグランデ	13
⑦	リマのお正月	18
⑧	魚の目に泪	16
⑨	海苔巻の端っこ	14
⑩	心に残るあのご飯	8
⑪	身体髪膚	2
⑫	隣りの匂い	17
⑬	細長い海	7
⑭	ねずみ花火	12
⑮	子供たちの夜	6
⑯	親のお辞儀	5
⑰	冬の玄関	1
⑱	記念写真	4
⑲	お軽勘平	9
⑳	隣りの神様	3
㉑	わが拾遺集	20
㉒	車中の皆様	11
㉓	あだ櫻	10
㉔	鼻筋紳士録	22

単行本「父の詫び状」の配列順序

1	父の詫び状
2	身体髪膚
3	隣りの神様
4	記念写真
5	お辞儀
6	子供たちの夜
7	細長い海
8	ごはん
9	お軽勘平
10	あだ桜
11	車中の皆様
12	ねずみ花火
13	チーコとグランデ
14	海苔巻の端っこ
15	学生アイス
16	魚の目は泪
17	隣りの匂い
18	兎と亀
19	お八つの時間
20	わが拾遺集
21	昔カレー
22	鼻筋紳士録
23	薩摩揚
24	卵とわたし

つぎは、路線転換の作、連載第十一回の「身体髪膚」。以下、第二十回の「隣りの神様」、第十八回の「記念写真」、第十六回の「お辞儀」、第十五回の「子供たちの夜」と、父親の出てくる話がつづく。

配列を変えることで、『銀座百点』連載は相貌を一新した。主題がはっきりした。父親を中心とする、家族の物語である。そのことは最初の数篇で読者の頭にしっかりときざみつけられるから、おしまいのほうになって食いもの話が並んでいても、主題がゆらぐことはない。

単行本『父の詫び状』によって、昭和十年代のサラリーマン家庭が、メルヘンになった。実際の生活があった時から、約四十年ののちである。

『銀座百点』連載は、読者のおみこしにのせられたかっこうで路線がさだまった第十回ないし第十一回からあとのほうができがよい。もっともおしまいの数回は強弩の末で弛緩したから、最もあぶらがのっているのは、まず、第十回「心に残るあのご飯」から、第十九回「お軽勘平」まであたり、としてよかろう。

路線がさだまって（あるいはさだめられて）、筆者は書きやすくなった。しかし、ある強制がくわわったこともいなみがたい。

「メルヘン」ということばが向田邦子の脳裡にあったかどうか、それはわからないが、読者がそれを要求している以上、昭和十年代の家族の物語を、メルヘンとして書かねばならなくなったことはまちがいない。言いかえれば、メルヘンをそこなうようなことは書けない、ということである。それはやはり、強制であったにちがいない。

こまかに見れば、向田邦子はときどき、その制約に挑戦してはいる。しかし大きくはみ出すことはできなかった。向田家はすてきな家庭。小さな悶着はしょっちゅうあって、それが物語を動かしてゆくのだが、みなユーモラスな悶着であって、深刻なもめごとなどはない。邦子はちょっとおしゃまなかしこい姉娘。かわいい弟や妹たち。頑固一徹のたのもしいお父さん。それにひかえめだがしっかり者のお母さんと、陰影のある祖母。なつかしい昭和十年代の生活。——これが、こわすことのできないメルヘンのわくぐみである。

二　『銀座百点』と単行本

『銀座百点』連載を単行本『父の詫び状』にするに際して、向田邦子は、文章にも多少手を入れている。テニヲハや句読点の変更などこまかいところは枚挙にいとまない。

いくらかめだつところをあげてみよう。もとの『銀座百点』は、いまではもうめったに見られないものであるし、それに、どのようにして現在ある『父の詫び状』ができたのかを見ておくのは興味ぶかいことであるから――。順序は『銀座百点』による。

まず第二回「東山三十六峰静かに食べたライスカレー」。

〈いや、この歌詞だって間違っているかも知れない。なにしろ私ときたら、『田原坂』の歌い出しのところを、

〃雨は降る降る　跛《ちんば》は濡れる〃

と思い込んでいた人間なのだ。

勿論、〃人馬は濡れる〃が正しいのだが、私の頭の中の絵は跛である。

どういうわけか、両側が竹藪になった急な坂を、手負いの武士が落ちてゆく。その中に足

の傷を布でしばり、槍にすがってよろめきながら、無情の雨に濡れてゆく若い武士がいて、幼い私は、この歌を聞くと可哀そうで泣きそうになったものだ。

最近、このことを作詞家の阿久悠氏に話したところ……〉

傍線のところ、単行本はこう書きかえてある。

〈……私の頭の中の絵は片足を引く武士である。〉

なおついでにこまかい点にふれておくと、『田原坂』が単行本では「田原坂《たばるざか》」。〝雨は降る降る跛《ちんば》は濡れる〟が単行本では〝雨は降る降る跛《ちんば》は濡れる。それに「泣きそうになったものだ。」と「最近、このことを…」とのあいだに、単行本では一行、〝越すに越されぬ田原坂、が挿入されている。こうしたこまかい相違は以後ふれない。

おなじく「東山三十六峰静かに食べたライスカレー」。

〈父は、何でも自分だけ特別扱いにしないと機嫌の悪い人であった。私生児として生れ、高等小学校卒の学歴で、……〉

右の傍線のところが、単行本では「家庭的に恵まれず」にあらためられている。類似のことが以後くりかえし出てくるので、あとでまとめてのべる。

第三篇「お八つの交響楽」。父が邦子と弟のために机をつくってくれたくだり。

〈大人しくしているのは父の前だけで、私と弟は、やれノートが国境線を越えたの、消しゴムのカスを飛ばしたので大立ち廻りのけんかとなり、大抵、一人はチャブ台で勉強という仕

儀になったのである。〉

傍線のところ、単行本では「食卓で勉強」に変えてある。「チャブ台」といえばふつう思いうかべるのは、丸くて足のたためる食卓である。イメージがはっきりしている。「食卓」は、食事をする足つきの台の総称である。比較的大きな四角い、足の折れないのも食卓だし、西洋式のイスつきのも食卓である。「食卓」だけではイメージをつくりにくい。こういう小道具は昭和初年の生活を描き出す際にはなかなか重要なのだが、なぜ漠然としたほうに変えたのだろう。あるいは、母なりきょうだいなりから、「うちはチャブ台ではなかったよ」と注意されたのかもしれない。第二十三回「あだ櫻」（『銀座百点』では、タイトル、文中とも正字「櫻」をもちいている）では、「父、母、祖母、弟や妹たちが食卓にならんで、朝ごはんを食べている。」と、はじめから「食卓」になっている。

なお、チャブ台はむかしからあったものではなく、明治以降に都市の勤労者家庭で使われるようになったものである。上記のごとくわれわれが思いうかべるのは丸いものだが、実際には四角いもののほうが多かったらしい。

おなじく第三回「お八つの交響楽」。おしまいにちかいところ。

〈猫は本当に嬉しい時、前肢を揃えて押すようにする。これは仔猫の時、母猫の乳房を押すとお乳がよく出ると嬉しいから余計に押す。それが本能として残ったのだと聞いたことがある。子供時代に、何が嬉しく何が悲しかったか、子供の喜怒哀楽にお八つは大きな影響を持

っていると思うので、フロイト流に考えると何か因果関係があるのではないかと思えるからである。〉

単行本ではこう変えてある。

〈猫は嬉しい時、前肢を揃えて押すようにする。仔猫の時、母猫の乳房を押すとお乳がよく出る。出ると嬉しいから余計に押す。それが本能として残ったのだと聞いたことがある。子供時代に何が嬉しく何が悲しかったか、子供の喜怒哀楽にお八つは大きな影響を持っているのではないか。〉

前半は、『銀座百点』のは文章になっていない。「押す」が何度も出てくるゆえの誤植か。それともいつもギリギリになって書く向田邦子の書き損じか。後半のフロイト云々は気恥しくなってとったのだろう。

第四回「アイスクリームを愛す」。

戦前、「よそゆきの洋服を着て、レストランやデパートの食堂で緊張しながら頂く晴れがましい食べものであった」アイスクリームをこう形容している。

〈あの古典的な銀色腰高の丸い器。渥美清さんのお顔の輪郭そっくりのアイスクリーム・スプーン。添えられたウエファアス。〉

傍線部、単行本ではこうなっている。

〈中村メイコさんのお顔の輪郭そっくりのアイスクリーム・スプーン。〉

どちらにしても四角いということなのだろうが、こういうところ、向田邦子の世界はせまい。自分の常識は読者の常識、というところに居直っている。


第十九回「お軽勘平」は『銀座百点』昭和五十三年一月号に発表されたもので、

〈お正月と聞いただけで溜息が出る。〉

とはじまる。子どものころの、年始客の接待に忙殺された正月を追憶したものである。その末尾ちかく。小学校にあがるかあがらないかのある年のお正月、そのころ住んでいた宇都宮で、二匹の猿が演じる「お軽勘平」を見たことをのべたあと、こうある。

〈「人間はその個性に合った事件に出逢うものだ」

という意味のことをおっしゃったのは、たしか小林秀雄という方と思う。

さすがにうまいことをおっしゃるものだと感心をした。私は出逢った事件が個性というか、その人間をつくり上げてゆくものだと思っていたが、そうでもないのである。事件の方が、人間を選ぶのである。

そう考えると、私の「白鳥の湖」も、まさに私というオッチョコチョイで、喜劇的な個性にふさわしい出逢いであった。

戦後間もなく私は麻布の市兵衛町に住んだ時期があった。私が居候をしていた家のすぐ裏手に、土地に古くからいる酒屋さんがあった。そこの次男坊だか三男坊だかが、当時はやり始めていたバレーに凝り、そのうちのおばあさんは自慢そうに吹聴をしていた。

町内のお祭りの時に、その青年がバレーを披露することになった。古い土地柄でもあり、町内の顔役であるトビの頭などは、

「お神楽《かぐら》をやるんならともかく、なんで男の裸踊りなんぞやるんだ」

とヘソを曲げていたというが、とにかく空地に組んだ俄造りの舞台の上で踊るところへこぎつけた。是非見てくれと、半ば強制的に頼まれ、私は一番前の席で見物していた。スピーカーが「白鳥の湖」のさわりのところを流しはじめ、タイツの青年が舞台に出て、大きく跳躍をした。そのとたんに舞台は大きく揺れ場内は真暗になった。停電してしまったのである。一同大笑い。青年は再び舞台にあらわれず、代りに太鼓が運び込まれ、少し遅れて盆踊りが始まった。

駅馬の運はせわしいお正月だけでなく、こんなところにもあらわれているような気がしている。〉

単行本『父の詫び状』では、バレー青年の話が全部切りすてられて、こうなっている。

〈「人間はその個性に合った事件に出逢うものだ」

という意味のことをおっしゃったのは、たしか小林秀雄という方と思う。

さすがにうまいことをおっしゃるものだと感心をした。私は出逢った事件が、個性というかその人間をつくり上げてゆくものだと思っていたが、そうではないのである。事件の方が、人間を選ぶのである。

そう考えると、猿芝居の新春顔見世公演「忠臣蔵」も、まさに私というオッチョコチョイで、喜劇的な個性にふさわしい出逢いであった。〉

そうおもしろい話でもなく、それに、お正月の回想に夏祭りの話であるからふさわしくもない。それでけずったのであろう。

まとまった一エピーソードであり、ここでけずったままほかには使われなかったので、録しておいた。

『銀座百点』連載の第二十一回「わが拾遺集」のはじめの部分はこうである。

〈道端で財布を拾う。開けて見ると百万円ほど入っている。途端にわが胸は呼吸困難となり、よくない心が起きかけるが、いやいや親兄弟もいることだと反省し、交番に届けようと駆け出す。ところが途中で落っことすかスられるかしてしまう。こういう場合、私は一銭も頂けないのだろうか。

テレビの脚本の締切が迫って、催促の電話の声が尖り、いいわけをするこちらの声も我ながら卑屈になってくると、私は差し当って一番必要のないことをゆっくりと考えて憂さ晴らしをする。

百万円の財布の件は、法律知識ゼロなのでどういうことになるのか皆目見当がつかない。そこで、自分が今までに落したものと拾ったものについて考えてみることにした。

落したものは、現金を筆頭に、ハンドバッグ二個、懐中時計、万年筆、あとは傘、手袋といったところである。ところが拾ったほうは、犬猫にはじまって、せいぜい定期券、赤ん坊の毛糸の靴下ぐらいで、計算をするまでもなくかなりの持ち出しになっている。

はじめて物を拾ったのは七歳の時である。宇都宮に住んでいた時分で、一家揃ってお花見の帰りに料理屋に上がり、母と祖母は父の酒につきあっていたが、私と弟は退屈してしまい、帳場の脇の梯子段の下で遊んでいた。

天井の高いだだっ広い造りで、ピカピカに磨き上げた板の間に黒塗りの脚の高い膳が重ねて積んであった。

梯子段は、板を渡しただけの形で、下からのぞくと板と板の間の細い隙間から、おりてくる女中さんの白足袋と脛《はぎ》が見えた。見上げていたら、頭の上から財布が降ってきた。酔った客が、女中さんでもかまいながら勘定に降りてきて落したものであろう。男物の大ぶりの財布だった。二つ下の弟が拾い、私を見て、口をポカンとあけていた。

こんな幸先のいいスタートを切ったにもかかわらず、金運はここまでで、あとは落したり失くしたり専門でロクなものを拾っていない。

女学校は四国の高松にある県立第一高女だが、入学してすぐ、運動場で鉢巻を拾った。最上級の五年生の名前が書いてある。〉

単行本『父の詫び状』ではこうなっている。

〈はじめて物を拾ったのは七歳の時である。

宇都宮に住んでいた時分で、一家揃ってお花見の帰りに料理屋に上り、母と祖母は父の酒につきあっていたが、私と弟は退屈してしまい、帳場の脇の梯子段の下で遊んでいた。天井の高い、だだっ広い造りで、ピカピカに磨き上げた板の間に黒塗りの脚の高い膳が重ねて積んであった。

梯子段は、板を渡しただけの形で、下からのぞくと板と板の間の細い隙間から、おりてくる女中さんの白足袋と脛《はぎ》が見えた。見上げていたら、頭の上から財布が降ってきた。酔った客が、女中さんでもかまいながら勘定に降りてきて落したものであろう。男物の大ぶりの財布だった。二つ下の弟が拾い、私を見て、ポカンと口をあけていた。

こんな幸先のいいスタートを切ったにもかかわらず、金運はここまでで、あとは落したり失くしたり専門でロクなものを拾っていない。

落したものは、現金を筆頭に、ハンドバッグ二個、懐中時計、あとは傘、手袋といったところである。ところが拾ったほうは、犬猫にはじまって、せいぜい定期券、赤んぼうの毛糸の靴下ぐらいで、計算するまでもなく、かなりの持ち出しになっている。

女学校は四国の高松にある県立第一高女だが、入学してすぐ、運動場で鉢巻を拾った。最上級の五年生の名前が書いてある。〉

最初の三段落を捨て、第四段落をうしろへまわし、第五段落「はじめて物を拾ったのは七歳の時である」からはじめた。

それはよい。最初の三段落はつまらないから。

ただ、手入れのしかたがズサンなために、「落したものは……」の一センテンスが唐突になった。

もともとこれは、「そこで、自分が今までに落したものと拾ったものについて考えてみることにした」をうけて、「落したものは……」なのである。単行本ではその前段を捨て、「落したものは」ではじまる一段落をあとへうつしたので、「落したものは……」はその直前の「あとは落したり失くしたり専門で」をうける形になっているが、もともとそうつづく文章ではないのだから、スムーズでないのである。それに、あとに出てくる上級生の鉢巻を拾った話は、「ロクなものを拾っていない」をうけていたのであり（まさしくロクなものでなかったことは読んでゆけばわかる）、ここのところはもとの形でなければならなかった。

要するに「落したものは、……かなりの持ち出しになっている」の一段が異物なのである。

「わが拾遺集」の中心をしめる、また最もおもしろいエピソードは、渋谷の飲食店の便所にハンドバッグをおとし（昭和三十年代はじめごろのことだからくみとり式なのである）店の人に拾いあげてもらって、翌日日本銀行へ紙幣とりかえに行く話である。これは単行本にする際に二か所追加がある。いずれも描写をこまかくしている。

まず、ハンドバッグをつりあげたあとのくだり、『銀座百点』ではこうである。

〈間もなくバッグは釣り上げられた。

「釣れました。釣れました！」

と誰かが叫び、拍手と乾杯という声が起った。見ず知らずの人から私のところへコップ酒が届いた。バッグは、店のオニイさんが竹竿の先に引っかけ、その頃はまだ埋立ててなかった川の上に突き出してバケツの水を何ばいも掛けてから返してくれた。

連れに車代を借り、私はタクシーに乗った。〉

単行本ではこうなっている。

〈「釣れました。釣れました！」

と誰かが叫び、拍手と乾杯という声が起った。見ず知らずの人から私のところへコップ酒が届いた。バッグは、店のオニイさんが竹竿の先に引っかけ、その頃はまだ埋立ててなかった川の上に突き出してバケツの水を何ばいも掛けてから返してくれた。

さあ落ち着いて飲み直そうということになったが、どうも落ち着かない。私の横のビニール袋に包んだバッグが、やはり匂うのである。皆さん紳士であるから、ひとことも口には出さないが、口数が少なくなってくる。私は一足お先に失礼することにした。

連れに車代を借り、私はタクシーに乗った。〉

もう一か所は翌朝である。『銀座百点』では左のとおりである。

〈その晩は、窓の外にある楓の木の枝にバッグを引っかけて眠り、翌朝早く、汚れた紙幣をビニールに包んで、室町の日銀本店に行った。とん平の客の一人が、そうしなさいと教えてくれたのである。〉

単行本ではこうなっている。

〈その晩は、寝室の窓の外にある楓の木の枝にバッグを引っかけて眠り、翌朝、口うるさい父が出勤してから、庭の真中で開けてみた。口紅もコンパクトもハンカチも全滅である。私は町なかの生れ育ちで、畑仕事や下肥えを丹精したことはないが、これだけの威力があればこそ、作物も大きく育つのであろうと、遅ればせながら感心した。ほかのものは諦めたが、お金だけはそうはゆかない。汚れた紙幣をビニールに包んで、室町の日銀本店に行った。とん平の客の一人が、そうしなさいと教えてくれたのである。〉

いずれもずっとよくなっている。読みくらべてみると、もとのものには脱落があったのではないかと感じられるほどである。

ただし、あとから書きくわえられた部分が事実であるとはかぎらない。むしろ、小説的脚色であろう。その小説的脚色をほどこすことによって、話がぐっとゆたかになり、生き生きとしてきている。この部分は、たまたま単行本にする際に書きくわえたからその経過がわかるのだが、実は『銀座百点』連載（すなわち『父の詫び状』）の物語全体が、こういうふうにしてできているのである。つまり、渋谷の飲み屋の便所にハンドバッグをおとし、店員にひろってもらったということは実際あった（多分あったのだろう）。しかし「釣れました。釣れました！」とか、バッグを竹竿の先にひっかけ、川の上に突き出してバケツの水をかけた、とかは、おそらく創作である。それによって話がおもしろくなっている。というより、そうしたディテイルが何もなく、ただ、ハンドバッグを便所へおとしたことがある、というだけでは物語にならない。『父の詫び状』は、そういう、骨組は事実、細部は向田邦子の才気による脚色、というしくみでできている。だからおもしろいのである。

「わが拾遺集」のむすびは、『銀座百点』ではこうであった。

〈つい先だって、私は下町の縁日にゆき、久しぶりで達磨《だるま》落しをたのしんだ。昔なつかしい射的である。念を入れて狙ったつもりだが、達磨も怪獣も一向に落ちず、代りにスカーフを落してしまった。この分ではまだこれからも落すことだろう。締切に追われながらの気分転換に私は拾ったものと落したものを思い出してみた。だが、考えてみると、財布や手袋以外の目には見えない、それでいてもっと大事なものも、落したり拾ったりしているに違いない。そのことは、また別の、締切に追われた時にゆっくり思い出してみようと考えている。〉

単行本ではこうなっている。

〈つい先だって、私は下町の縁日にゆき、久しぶりで達磨《だるま》落しをたのしんだ。昔なつかしい射的である。念を入れて狙ったつもりだが、達磨も怪獣も一向に落ちず、代りにスカーフを落してしまった。この分ではまだこれからも落すことだろう。考えてみると、財布や手袋以外の目には見えない、それでいてもっと大事なものも、落したり拾ったりしているに違いない。こちらの方は、落したら戻ってこない。その代り拾ったものは、人の情けにしろ知識にしろ、猫ババしても誰も何ともおっしゃらないのである。〉

締切云々はくだらない（すぐあとでのべる）。単行本のほうがずっとよくなっているが、きれいにしめるためにしいて「哲学」をひねくった感はある。

向田邦子の書いたものには、原稿締切のことがよく出てくる。ギリギリにならないと書きはじめない、締切日をすぎても原稿ができなかった、というようなことである。他の人が向田邦子のことを書いたものにも、この件にふれたものが多い。相当ひどかったらしい。

原稿がおくれるというのは、製造業者が製品の納期におくれるのとおなじことで、それを待っているがわにたいへん迷惑をかける行為である。万やむを得ぬ事情があって一度か二度おくれたくらいなら相手も大目に見てくれるかもしれないが、それがしょっちゅうでは取引をことわられるだろう。

向田邦子は遅筆なのではない。病身なのでもない。ギリギリになるまで着手しないのである。そしていつも人に迷惑をかけている。

向田邦子はテレビドラマの台本を書いていた。台本作家になりたい人は多くあるであろう。そういう人たちは、テレビ局から作品を書いて出せと期日を指定されればかならずその期日までに書いて出すであろう。しかるに自分は、納入期限を守らない常習者であっても、ことわられる懸念がない。どころかつぎからつぎへと注文がある。製品の質がいいからである。悪いクセです、と口では言うが、ころもの下から自慢のヨロイがちらちらしている。

祝儀不祝儀など個人的なつきあいの方面では、よく気のつく、マメな人だったらしい。しかし、納期限を守る、という社会的なマナーに関しては甚だだらしない。しかも、だらしないのをほとんど売りものにしている。

向田邦子は、男が好きで男になろうとした女である。しかし、一世代前の女の甘えをのこしていた。才能にめぐまれていたために、自分の甘えに気づかなかった。

もし向田邦子が才能にめぐまれず、賃縫いでもして生計を立てていたら、約束を守らないものは人がとりあってくれなくなる、という簡単な事実にいやでも気づいたろう。ましてそれを自慢のタネにして吹聴するなどは思いもよらなかったろう。

向田邦子は、才能にめぐまれすぎていたゆえに、すくなくとも自己の職業にかかわる範囲では、いつも人にチヤホヤされて、きびしい職業人になれなかった、という面がある。

第二十三回「あだ櫻」は、おとぎばなしのことからはじまる。

〈そういえば、日本のお伽噺の主人公は殆どが老人である。「一寸法師」「桃太郎」「浦島太郎」「かぐや姫」「こぶ取り」「かちかち山」「花咲かじいさん」。

いずれも、おじいさんおばあさんと赤んぼうであり、老人たちと身近な動物たちのメルヘンである。血気盛んな壮年男女は殆ど姿を見せていない。したがって外国のお伽噺のように、美しいお姫様と凛々しい騎士のロマンスも、かぐや姫にほんの少し匂うぐらいで、あとは色模様は抜きである。そのせいだろうか、かたわ者が登場し、SFや超能力、裏切りから人殺しまで行われても、さほど陰惨な感じがしない。〉

右の「かたわ者」が単行本では「異形《いぎよう》の者」にあらためてある。いわゆる「差別語」として、書きかえを要求されたのであろう(「差別語」のことはのちにのべる)。

もっとも、右にあげられている「一寸法師」以下のおとぎばなしには、「かたわ者」も「異形の者」も登場しない。指にたりない一寸法師と、桃からうまれた桃太郎と、天に帰るかぐや姫とは、ふつうの人間とは別のものである。

この「あだ櫻」は祖母のことを集中的に書いた一篇であるが、こまかいなおしが多い。当然あらためるべきであるところもあり、あらためぬほうがよさそうなのもあり、わからぬのもある。

たとえば祖母についてこうある。

〈この祖母は、一向一揆の本場である能登の生れだったせいか、熱心な仏教徒の信者で夜寝るときは必ずお経を上げていた。〉

右の「仏教徒の信者で」、単行本では「の信者」三字をけずって「仏教徒で」にしてある。「仏教徒の信者」という言いかたはおかしいから、これは当然の処置である（もちろん「徒の」をけずって「仏教の信者で」にしてもよい。そのほうがなおよかろう）。

祖母のつくるおむすびを、『銀座百点』では、

〈お結びも母のはややゆるやかな丸形だが、祖母のはキッチリと結んだ俵型で、……〉

であるが、単行本では右の「俵型」が「太鼓型」にあらためられている。

仏壇にそなえるごはんのことを『銀座百点』では「おぼんさん」と言い、単行本では「おぼくさん」にあらためてある。こういうのは地方によって呼び名がちがい、能登のことばとしては「おぼくさん」がただしいのかもしれない。

「あだ櫻」には、右のような、あるいはもっとこまかい修正が、格別に多い。

もうすこし微妙な修正もある。

〈祖母は、今の言葉でいえば、未婚の母であった。父親の違う二人の男の子を生み、その長

男が私の父である。したがって、私自身のホームドラマには、祖母は、欠落して、姿を見せない。年をとってからは、よく働く人であったが、若い時分は遊芸ごとを好み、母が嫁いできてからも、色恋ざたのあった祖母であった。〉

右の「祖母は、欠落して」が単行本では「祖父は、欠落して」にあらためられている。

この「……姿を見せない」までの文のみに則して言えば、「祖母」でも「祖父」でも話はつうじる。

「祖母」であれば――

私の祖母は世間ふつうの女ではない。ホームドラマに登場する祖母は世間ふつうの祖母でなければならぬが、私は世間ふつうの祖母を知らない。だから私が書くホームドラマには祖母は登場しない。

もしくは――

私の祖母は世間ふつうの女ではない。私はこの祖母を恥じている。だから私の書くホームドラマには祖母は登場しない。

「祖父」であれば――

私の祖母は結婚したことがなく、てなしごを二人生んだ。そのうちの一人が私の父である。だから私の家には祖父がいなかった。

これも向田邦子の文章のあらっぽいところで、「私自身のホームドラマ」というのが、意味があいまいなのである。

『銀座百点』の「祖母は、欠落して、姿を見せない」のばあいは、「私自身のホームドラマ」は「私の書くホームドラマ」の意味に解するほかない。ただし悪文である。「私自身の」と「自身」をつける必要は何らない。

「祖父」にあらためた単行本のばあいは、「私自身のホームドラマ」は、「テレビのホームドラマではなく、私が実際に育った家庭」の意味になるであろう。これならば「私自身」の「自身」が生きてくる。「私自身のホームドラマ（すなわち私が育った家庭環境）には、祖父は存在しない」の意である。

もっとも向田邦子が、「祖母」と「祖父」とで「私自身のホームドラマ」のさすものが全然ことなってくることを意識してここをあらためたのかどうかは甚だ疑問で、そういうところがあらっぽいのである。

第二十四回「鼻筋紳士録」。

〈子供の時分から、悲しい思いをさせられたわが鼻だが、整形手術をしようなどと考えたことは一度もない。今更、私の顔にカトリーヌ・ドヌーブの鼻がくっついても、ほかの造作が面喰らうだけであろう。

整形といえば私の好きなはなしがある。ご本人にはお許しを頂いていないのだが、志村喬氏のエピソードである。

教えてくれたのは、悠木千帆——いまは樹木希林というややこしい名前に変ったが、彼女であった。ある番組の本読みで、三、四人の女優が声をひそめて整形手術の噂話をしていた。誰それはしたとかしないとかといった類のはなしである。隣りに座って端然と台本を読んでおられた志村氏はポツンとひとこと、こういわれた。

「わたしは、口をやって失敗しました」

単行本ではこうなっている。

〈子供の時分から、悲しい思いをさせられたわが鼻だが、整形手術をしようなどと考えたことは一度もない。今更、私の顔にカトリーヌ・ドヌーブの鼻がくっついても、ほかの造作が面喰うだけであろう。

長いことアメリカで暮している友人が里帰りをした。女ひとり仕事をして、かなりの成功をおさめていると聞いたので、早速お祝いにかけつけた。ところが、何だか変なのである。二十年ぶりに逢うせいか、と思ったが、別の人と話しているみたいで落着かない。はっきりいうと顔が変っている。

相手もすぐ気づいたらしく、さらりとこういった。

「美人になったでしょ。アメリカへ行ってすぐ直したのよ」

日本人の外人コンプレックスは、背と鼻が低い、目が小さいの三つだという。背だけは直らないが、直るものはみな直したそうだ。私はやっと合点がいった。

彼女は目と鼻だけがアメリカ人であった。

ポスター展で世界の子供たちの絵を見たことがあったが、インドの子供の描く絵の中の顔はみなインド人である。私達にしたところで、へのへのもへじを描いても、日本人の顔になる。それと同じように、アメリカの整形外科医は、やはり生れ育った自分の国の顔を作ってしまうのであろう。

この顔には日本語より英語が似合うと思った。

その国の言葉は、声だけでしゃべるのではない。顔や髪の毛の色や目鼻立ちや、そういうものが一緒になってしゃべるものだということが判ったのである。〉

『銀座百点』のは陰惨な話であるし、同業者の仲間うちの話を公表するのは礼を失してもいるだろう。不適当だと人から言われたのか自分で気がついたのか、別の話をはめこんだのだが、これもくだらない。「目と鼻だけがアメリカ人であった」とある。ドイツ人やロシア人ならばともかくも、「アメリカ人の目鼻立ち」というもののあるはずがなかろう。アフリカ系もアジア系もカリブ海系もアメリカ人ではなく、白人だけがほんとうのアメリカ人であって景仰にあたいするという浅薄な日本人の観念をこの著者も共有していたらしい。

この「鼻筋紳士録」は全体が愚劣である。いよいよネタに窮して顔の評判をはじめたのだが、顔の品評なんぞは、やればやるほどそれをやっている人間の器量をさげるだけである。右のさしかえのところからも、そのことはよくわかるであろう。

おしまいに左のごとき文がある。

〈おわりに

六回の約束が年を越し、到頭二年半もお邪魔してしまいました。身内の取るに足りぬよしなしごとを、取りとめなく書くことにためらいもありましたが、編集部のおすすめと、皆様からの励ましに気をよくして、ここまでたどりついたという気がしております。

長い間、つたない筆におつきあいいただきました。ありがとうございました。〉

これによって、最初は六回の約束であったことがわかる。無論単行本『父の詫び状』では削除してある。

三　父　向田敏雄

『銀座百点』の連載は、読者には好評だったが、筆者の家族にとってはかならずしもそうでなかった。自分たちが直接に登場し、衆目にさらされるのだから当然である。

こういう際、その立ちばにおかれた者ならだれでもそうだろうが、作品全体のできばえよりも、個々の記述が気になる。つまり、極度に近視眼的になる。これはやむをえぬことである。

もっとも、向田邦子の家族のばあい、はじめのうちは、むすめが（あるいは姉が）銀座商店街の宣伝誌に自分たちのことを書き出したのを、知らなかったようだ。向田邦子も、積極的にそのことを報告はしなかったのであろう（これは何ら奇とするにたりない。自分の家族、親なり子なりきょうだいなり、あるいは配偶者のことに文章のなかでふれて、それをいちいち当人に報告する文筆家はめったにないだろうと思う）。向田邦子の家族が『銀座百点』連載のことを知ったのは、おそらく半年なり一年なり、だいぶすすんでからであろう。

家族から、うちわのことを世間に公表した、と相当きびしい反撥があったことを向田邦子が書いている。

〈ところが、わが家族は、ことのほかご機嫌が悪いのである。

何様でもあるまいし、家の中のみっともないことを書かれて、きまりが悪くてかなわないというのである。ここで退いては商売に差し支えるので、尊敬する先輩方のエッセイを例にひいて抗弁したのだが、そういう方のご家族もみなかげでは泣いておられると反撃され、結局二度とこういう真似は致しません、と謝った。〉（『眠る盃』「娘の詫び状」）

「ことのほかご機嫌が悪いのである」などと半分冗談のような軽い口調で書いているが、実際には、おもてを正しての抗議であったにちがいない。

のちに弟の向田保雄さんもその著『姉貴の尻尾』で、「姉の単行本が書店に並びはじめた頃、親きょうだいのことを書いたのが多すぎる、ということか何かで、姉弟で口論になった時だ」、あるいは、「私があまり知られたくないと思っていることを、次々書いている。家庭のことも、親父のことも、大げさに、おかしげに書いている。そのくせ自分だけは恰好つけてるのだから、やりきれない」などと書いている。姉が死んだあとに書いた文章だからひかえめな表現だが、その時は相当険悪な雰囲気もあったのだろう。

しかし何よりの問題は父の出自であり、それとかかわって祖母の閲歴であった。『姉貴の尻尾』にも、「姉は、父の出生に関することを、よく書いた。そのことで大喧嘩したことがある。その時姉は、下の妹に私のことをひどいと涙声で言ったらしい」とある。

向田邦子が父親の性格や行動を説得的にえがきだすためには、その出自に（ざっとなりとも）ふれる必要があったのだが、もちろん家族にとっては人物造型の機微などはわからないし、またどちらでもよい。家の恥をさらされたのが一大事であった。

そのつよい抗議をいれて、単行本では表現をかえねばならなかった。

さきにも一部ふれたが、『銀座百点』連載第二回「東山三十六峰静かに食べたライスカレー」にこうある。

〈父は、何でも自分だけ特別扱いにしないと機嫌の悪い人であった。私生児として生れ、高等小学校卒の学歴で、苦学しながら保険会社の給仕に入り、年若くして支店長になって、馬鹿にされまいと肩ひじ張って生きていたせいだと思うが、食卓も家族と一緒を嫌がり、沖縄塗りの一人用の高足膳を使っていた。〉

これが、単行本『父の詫び状』ではこうなっている。

〈父は、何でも自分だけ特別扱いにしないと機嫌の悪い人であった。家庭的に恵まれず、高等小学校卒の学歴で、苦学しながら保険会社の給仕に入り、……（以下同じ）〉

「私生児として生れ」と「家庭的に恵まれず」とは、まるでちがう。むかしの日本で、「めぐまれた家庭に育ち」といえる男の子などはごく一部分だった。たいていの子は、なにか不足があった。すなわち、なにか「家庭的にめぐまれない」点があった。家がゆたかでないとか、両親のいずれかがかけているとか、親がこどもの志望に理解がないとか——。しかし「私生児として生れ」た男の子は、無論そんなに多くはない。

以下の叙述にかかわるので、私生児というものにかんたんにふれておく。

私生児（法律用語では「私生子《しせいし》」だが、一般の呼称および向田邦子の用字にしたがって以下すべて「私生児《しせいじ》」と言っておく）には広義と狭義とがある。正式の婚姻によらないで生れた子が広義の私生児である。そのうち、内縁関係の夫婦（すなわち婚姻届を出していない夫婦。明治大正のころにはかなり多かった）の子やめかけの子など、父親が認知した者を「庶子《しょし》」と呼ぶ。父親の認知が得られない子が狭義の私生児で、世間一般に「私生児」と言うのはこの狭義のほうである。向田邦子が「父は私生児だ」と言うのもこの狭義の私生児であろう。

向田邦子の父は明治三十七年の生れである。明治三十年代から四十年代にかけて、生れた子のうち広義の私生児の占める割合はおおむね一割である。つまり千人中百人が広義の私生児である。そのなかでの庶子と狭義の私生児との割合はわからない。

私生児（広義）の割合はその後だんだん減少し（これは結婚したら婚姻届を出す習慣が定着したことによる）、向田邦子が生れた昭和の初めで千人中六十人から七十人、昭和十四年に千人中四十五人である。この昭和十四年はこまかい統計があって、この年生れた赤ちゃん約百九十万人のうち私生児は約八万五千人、そのうちわけは庶子が五万五千人（65％）で、狭義の私生児は約三万人（35％）である。明治期には狭義の私生児の割合はこれより小さいはずである（婚姻の届出を怠る夫婦が多く、したがって庶子が多いから）。明治三十七年の出生児数は約百五十万人、うち私生児（広義）は約十五万人であるから、この年おおむね四万人くらいの私生児（狭義）が生れたのであろう。向田邦子の父はその一人である（以上の数字は中川善之助『随想家』の「私生子の哀愁」その他の項、『数字でみる日本の100年』などによる）。

なお「私生子」という語は昭和十七年の改正民法によって法律の条文から消えた。しかし向田邦子の父の戸籍謄本にはのこっていたのだろう。

『銀座百点』連載の第一回、第二回に出てくる父親は暴君である。第一回にこういうところがある。ところは鹿児島、向田邦子は小学校の四年生くらいである。

〈男の子の裸を見た、といって父に殴られたのもこの時分のことである。裏山で男の子の角力大会があった。私は弟と見物にゆき、ふざけながら帰ったとたん、父に烈しく頰を打たれた。

「お父さん、邦子を幾つだと思っているんですか、まだ子供でしょ」

体当りで私をかばった母にも父は鉄拳を振るってどなりつけた、

「子供でも女の子は女の子だ！」〉

右の文章、「男の子の角力大会」はおかしかろう。言うなら「子供の角力大会」である。母のことばもおかしい。まだ子どもなんだからすもうを見たってかまわないではないか、というのだが、それでは、年ごろのむすめや結婚している女はすもうを見てはいけない（見たからといってなぐられてもしかたがない）ということになる。無論そんなことはない。子供のすもう大会くらい、だれが見たっていい。

向田邦子の説明では、なぜ小学生の女の子がすもうを見てはいけないかというと、男の子の裸を見ることになるからだということらしいが、裸といってもまっぱだかであるはずがない。当然まわしをつけている。それがいけないなら女の子は夏には海岸へ行くこともできない。それどころか家のそとへ出ることもできない。男の子たちはパンツ一つで往来であそんでいる(昭和十年代の話なのである)。

要するに父の言うことはムチャクチャである。それで子どもをはりとばすとは言語道断である。いくらむかしの父親がいばっていたといっても、子どもがすもう大会を見たといって殴る父親はなかっただろう。理不尽であり、異常である。

第二回には、さきにひいたように、「食卓も家族と一緒を嫌がり、沖縄塗りの一人用の高足膳を使っていた」ということが出てくる。これも、むかしは家のなかで父親が一番えらかったといっても、昭和十年代の勤め人の家庭で、父親が食卓まで別にしていたというのはめったになかっただろうと思う。

ここはライスカレーについて書いたくだりなのだが、この前後にも、ほとんど「不思議」と言っていいほどのことがいろいろ出てくる。

〈子供の頃、我家のライスカレーは二つの鍋に分かれていた。アルミニュームの大き目の鍋に入った家族用と、アルマイトの小鍋に入った「お父さんのカレー」の二種類である。「お父さんのカレー」は肉も多く色が濃かった。大人向きに辛口に出来ていたのだろう。そして、父の前にだけ水のコップがあった。(…)

私は早く大人になって、水を飲みながらライスカレーを食べたいな、と思ったものだった。

父にとっては、別ごしらえの辛いカレーも、コップの水も、一人だけ金線の入っている大ぶりの西洋皿も、父親の権威を再確認するための小道具だったに違いない。〉

父親用とその他の家族用と二種類のカレーをつくった家というのも、そう多くはなかったろう。「大人向きに」とあるが、それならば母も祖母もそちらを食べそうなものだがそうではない。

「父の前にだけ水のコップがあった」というのは、カレーに水はつきものであるが、父親だけはそれがはじめから食膳のうえに用意されてあり、他の家族は飲みたければ自分でくんでくるという、そういう特別あつかいだったのだろう。

〈食事中、父はよくどなった。

今から考えると、よく毎晩文句のタネがつづいたものだと感心してしまうのだが、夕食は女房子供への訓戒の場であった。

晩酌で酔った顔に飛び切り辛いライスカレーである。父の顔はますます真赤になり汗が吹き出す。ソースをジャブジャブかけながら、叱言をいい、それ水だ、紅しょうがをのせろ、汗を拭け、と母をこき使う。

うどん粉の多い昔風のライスカレーのせいだろう、母の前のカレーが、冷えて皮膜をかぶり、皺が寄るのが子供心に悲しかった。

父が怒り出すと、私達はスプーンがーいや、当時はそんな洒落たいい方はしなかった。お匙が皿に当って音を立てないように注意しいしい食べていた。〉

これもふしぎなところで、顔に吹き出す汗なんぞは他人にふかせるよりタオルをそばにおいといて自分でふいたほうが手っとりばやいにきまっている。

要するにたいがいのことが実質的には無意味であり、ただ、自分一人だけが特別の存在として家族全員からあがめたてまつられていないと気にくわないという、偏執的な性格に奉仕するためのセレモニーなのである。

単行本『父の詫び状』では、「薩摩揚」も「昔カレー」も末尾のほうに配せられていて、それまでに「子どもたちを心底愛した父親」像が読者の頭にじゅうぶんに刷りこまれているから問題でないが、『銀座百点』連載では、最初の二回に出てくる父親はよほどかわっている。読者は「この人はなんでこんなに変なのだろう」と思う。それを説明し得るのが、「私生児として生れ」であった。

もちろん、私生児としてうまれた者がだれもかれもゆがんだ性格の人間になるわけではない。私生児としてうまれてしごくまっすぐなおおらかなおとなになった人もあることであろうが、しかしいつもかたすみで人をうわ目づかいに見ながら育ったのであれば、かなりいびつな性格の人間になったとしてもふしぎではない。

つまり『銀座百点』連載では、「私生児として生れ」はぜひとも必要なのであった。

単行本ではそれが「家庭的に恵まれず」にあらためられている。これは、どちらでも大差はない。前述のごとく、「昔カレー」は二十一番目にさげられている。それより前に「あだ桜」があって父の出生の事情がくわしく語られているのだから、「家庭的に恵まれず」を読者は、結婚していない女が生んだ子、の意味に解するだろうからである。しかしどちらかといえば、そんなアイマイな言いかたではなく、もとどおりとしたほうがよかったろう。けれどもそれは、家族が承知しなかったわけである。

ただし、向田邦子の父向田敏雄が、実際に、そのむすめが『銀座百点』連載の最初のほうで書いているように、いびつな性格の暴君であったかどうかは、疑問だとわたしは思う。ここにはかなり、向田邦子の脚色があるのではないか。弟さんが書いている「大喧嘩」も、そのことがかかわっているのではないか。向田邦子は、実際以上に、自分の父親を特異な人間だと考えていたふしがある。そのことはのちにものべる。

また向田邦子は、父親の一面を強調するために、別の面に目をつぶったきらいもあるようだ。たとえば向田家には本が多くあった。『父の詫び状』「薩摩揚」には、おさない向田邦子が納戸にしのびこんで、父の蔵書夏目漱石全集、明治大正文学全集、世界文学全集などを読んだことが出てくる。向田敏雄はこういう本を買い、また読んだ人なのである。してみるとこの人は、かなり文学青年的、芸術青年的な気質、ないし傾向を持った人だったのであろうと思われるのだが、向田邦子の書いたものには、父のそうした一面はまったく出てこない。

『銀座百点』連載第六回「チーコとグランデ」——このチーコとグランデというのはスペイン語で「小さいのと大きいの」という意味なのだそうだが、この題名どおりの内容で、自分はもの（主として食いもの）の大きい小さいが気になる、つねに大きいほうがほしい、ということを書いている。これはむかしのふつうの家——それほどゆたかでなくきょうだいの多い家——に育った者なら当然のことであるが、それを向田邦子はこう書いている。

〈父の生いたちの影響もあるかも知れない。

私生児として生れ、他人の家を転々として育った父は、大きいものが好きだった。

大きい家、大きい家具、大きい松の木、大きい飼犬……。

私がまだ五つ六つの年の暮に、私には背丈に余る娘道成寺のみごとな押し絵の羽子板、弟には床の間に飾り切れぬほど大きな絵凧《だこ》を買ってきて、母や祖母をあきれさせたこともあった。

成り上り者の貧しさが、私の血の中にも流れている。〉

ここは話に無理がある。おかずやおやつの大きさ、あるいは分量が、きょうだいたちとくらべてどうであるか気になるのと、ほかのもの、松の木や犬の大きさとは話が別であるし、まして「成り上り者」とは関係がない。父親が成りあがり者で何でも大きなものが好きだったというのは、あるいはそのとおりであったのかもしれないが、それと、たとえばカステラを四つに切って自分の前におかれたのがきょうだいの前にあるのとどっちが大きいか、あるいは小さいか、気になるのとは無関係である。

ここの「私生児として生れ」が単行本『父の詫び状』では「幼い時から肩身をせばめ」にあらためられている。なぜ幼い時から肩身をせばめていたのかは、単行本読者には、これより前にある「あだ桜」によってわかるようになっている。

連載第十四回「ねずみ花火」に、向田邦子の弟の友人富迫《とみざこ》君というのが出てくる。鹿児島にいた昭和十四年ごろのことで富迫君は小学校の二年生である。父親がなくて母親と二人でくらしていた。

〈鹿児島に転勤してすぐだから、私が小学校四年生、弟が二年生の時だった。弟の同級生で富迫《とみざこ》君という少年がいた。弟は内気なたちで、転校するとなかなか友達が出来ないのだが、この富迫君とはすぐ仲よくなった。

弟も小柄だったが富迫君はもっとチビで、顔も目玉も声もすべて小さい子供だった。面差しが鼠に似ていた。弟と一緒に学校から帰って、ランドセルを置きに子供部屋に入ると、梁《はり》から鼠が顔を出したことがあった。

「あ、富迫君」

と私がいったら、弟は物もいわず草履袋で私を引っぱたいた。〉

ここはなかなかおもしろいところである。小学校四年生の向田邦子が「富迫君」と言っている。このばあいはネズミを見て言ったのだが、もちろん平生当人にむかって「富迫君」と言っているから、とっさにそれが口をついて出たのである。

ふつうには、女の子が男の子を（また女の先生が男子生徒を）姓に「くん」をつけて「山本くん」のごとく呼ぶようになったのは、戦後もだいぶたってからのこととされている。昭和十四年に小学校四年生の向田邦子が「富迫君」と言っているのはめずらしい例である（読売新聞連載「日本語の現場」によれば、昭和三十年ごろから、小学校の女の先生で男の子を「○○くん」と呼ぶ人があらわれはじめた。それが児童間にもひろがったらしい）。

一般にはどう言っていたか、となると、これがわりあいむずかしい。女の子が男の子に姓で呼びかけるばあいというのがそれほど多くないからである。幼いころから知っている近所の子なら無論「ケンちゃん」などの名で呼ぶ。姓で呼ぶのは学校へあがってから知ったあいだでのことだが、三年生からは原則として組がわかれるから、呼びあう機会があまりなくなる。しかし必要あって呼ぶとすれば「さん」づけであろう。

家へ遊びに来た弟の友だちを呼ぶことはたしかにあったはずで、それもふつうは「さん」であったろうと思う。

向田邦子が弟の友だちを「富迫君」と呼んだのは、弟がそう呼んでいたのでそれをそのまま言ったのであろう。この弟は東京で小学校にはいり、一年生の三学期から鹿児島に転校している。わたしは鹿児島のことを知らないが、昭和十年代に小学生の男の子がおたがいに「くん」づけで呼びあっていたとは思えない。東京からの「輸入品」だろう。

小さな子どもというのはいたって順応力のつよいもので、あたらしい土地へ行くとたちまちそのことばをおぼえ、それまでのことばをきれいに忘れてしまうのがふつうである。

当の弟である向田保雄さんが、

〈父の勤務の関係で、鹿児島—高松—東京—仙台、と転校して、そのつど土地訛と方言を覚えた。

これは子ども達のほうが絶対にはやい。（…）

「ご当地言葉を会得することが、友達をつくるこつ」

が、私たち姉弟の合い言葉だった。〉

と書いていらっしゃる（『姉貴の尻尾』）。してみると、向田家のこどもたちは、外ではその土地のことば、家では東京ことば、と使いわけていたのだろう。ただし、外でその土地のことばをしゃべっていることは、親にはないしょだったかもしれない。だから、弟さんも外では「富迫君」と言ったりはしないが、その子が家へ遊びに来た時には東京方式で呼んでいたのだろう。

鹿児島へ移ってきたと言っても、今後ずっと住むわけではない。三年もすればまたほかへ行く。いずれは東京に帰る。あまり土地のことばになじんでしまうのは、親たちにとって歓迎すべきことではない。

こどもたちに、東京ことばを忘れないようにさせることは、おそらく父親の指示だったであろう。向田家は、鹿児島市内を一望におさめる高台の、高い石垣の上にあり、門がまえ大きくへやが十もあるお屋敷で、土地の人から「分限者《ぶげんしゃ》」と呼ばれていたという。東京から来てそんな大邸宅に住みついた家の子が、たちまちまるっきりの鹿児島ことばになってしまったのではそぐわない。東京ことばが似あうであろう。そしてそれは、威厳ずきの父の自尊心を満足させるにたるものでもあったろう。してみると、「富迫君」という呼びかたには「東京から来た支店長の家族」の気位が裏づけされているわけだ。

そのあとこうある。

〈富迫君は父親がなく、母親と二人暮しだった。ゆとりのない暮しとみえて、身なりも身すぼらしかった。

父は富迫君を可愛がった。身勝手な人間で、自分の仕事関係の客は無理をしてでももてなすが、子供の友達などはうるさがった人だが、富迫君だけは特別だった。父は私生児として生れ、親戚から村八分にあいながら、母親の賃仕事で大きくなった惨めな自分の少年時代を彼の上に重ねてみていたのだろう。〉

ここの「父は私生児として生れ、」は、単行本では、「父は、父親を知らない自分を、」にあらためてある。そうなおすのであれば、「村八分にあいながら」のあとのテンをとり、「惨めな自分の少年時代を」のあとにテンを入れて「たたみかけの文」にしなければならない。ここはちょっとズサンである。

なおこまかいことを言えば、「子供の友達などうるさがった」と「は」をとり、「富迫君だけは別だった」と「特」をとり、「重ねて見ていたのだろう」と漢字になおしている。これらはいずれも適切な修正である。「などは……だけは……」はちょっとうるさい。

『銀座百点』連載第十五回「子供たちの夜」の末尾ちかくにこうある。

〈私の記憶の中で「愛」を探すと、夜更けに叩き起されて、無理に食べさせられた折詰が目に浮かぶ。

つきあいで殺して飲んできた酒が一度に廻ったのだろう、真赤になって酔い、体を前後にゆすりながら、母や祖母に顰蹙《ひんしゅく》されながら、子供たちに鮨や口取りを取り分けていた父の姿である。

生れながらに父親の顔を知らなかった父は、自分が一度もされたことのないことを、子供たちにはしたかったのだろう。

朝の光りの中で見た芝生に叩きつけられた黒い蝿のたかったトロや卵焼。そして夜の廊下で聞いた母の鉛筆をけずる音。「コンキチ」と口の中で呟くと、それらの光景がよみがえってくる。〉

これが単行本ではこうあらためられている。

〈記憶の中で「愛」を探すと、夜更けに叩き起されて、無理に食べさせられた折詰が目に浮かぶ。

つきあいで殺して飲んできた酒が一度に廻ったのだろう、真赤になって酔い、体を前後にゆすり、母や祖母に顰蹙《ひんしゅく》されながら、子供たちに鮨や口取りを取り分けていた父の姿である。

朝の光の中で見た芝生に叩きつけられた黒い蝿のたかったトロや卵焼。そして夜の廊下で聞いた母の鉛筆をけずる音。「コンキチ」と口の中で呟くと、それらの光景がよみがえってくる。〉

ごらんのように「生れながらに」の一段がそっくりけずられている。なぜけずったのか、理由がわからない。

父親が出先からごちそうをぶらさげて帰ってきて、子どもたちにわけてくれる――この父は、自分がこどもであったころ、ついぞそういうよろこびがなかった。なにしろはじめから父親というものがなかったのであるから――。だから、自分の子どもたちには、そうしたかったのだろう、とその父が死んだいま、むすめが考える。横暴で、自分のうまれ育ちに深い劣等感をいだくがゆえに異常にいばりたがる、ずいぶんいびつな性格の父親であったけれども、子どもたちに対する愛情は本物だった、くもりがなかった――むすめはいま、そう思う。そのことは、「子供たちに餡や口取りを取り分けていた父の姿である」でわかるけれども、もう一段説明があってもかまわないではないか。「生れながらに父親の顔を知らなかった」が家族の反対でのこしにくかったにしても、「父は、自分が一度もされたことのないことを、子供たちにはしたかったのだろう」はあってもよかった、と思う。

なおこまかいことを言えば、単行本では、「私の」をとり、「ゆすりながら」の「ながら」をとり、「光り」の「り」をとっている。「ゆすりながら」はそのあとにもう一度「顰蹙《ひんしゅく》されながら」があるからまずいと思ったのだろうが、体を前後にゆするのは父であり顔をしかめるのは母や祖母であって行為の主体がちがうし、体を前後にぐらぐらさせながら子どもたちにごちそうをとりわける姿をくっきり出すためにも「ながら」はそのままのほうがよかった。

結局、単行本『父の詫び状』には「私生児」ということばは出てこない。父の出自については、まず冒頭の「父の詫び状」で、「父は生れ育ちの不幸な人で、父親の顔を知らず、針仕事をして細々と生計を立てる母親の手ひとつで育てられた。物心ついた時からいつも親戚や知人の家の間借りであった」と紹介される。具体的には第十章の「あだ桜」で、「祖母は、今の言葉でいえば、未婚の母であった。父親の違う二人の男の子を生み、その長男が私の父である」と説明されるのである。

しかしここにいたる各章で、子どもたちを心から愛する父であったことはじゅうぶんに説明されるから、そういう暗い出自を持つがゆえに子への愛の格別につよい父親であった、という印象をあたえるしくみになっている。

なお、「父親の違う二人の男の子を生み」とある。「お八つの交響楽」には、「他人の家を転々として恵まれない少年時代を送った父が、長男長女に子供の頃の夢を托した作品だったと思うが、残念なことに一人っ子の父は「きょうだい」というものを知らなかったようだ」とある（「お八つの時間」もおなじ）。これを信ずれば、向田邦子の父には、父親はちがうが同じ母から生まれた弟があった。しかし「一人っ子」だったのである。弟は早く死んだのか、それともごく幼いころに養子にやられるか何かしたのであろう。

四　幸運な少年

つぎに、『銀座百点』連載ないしは『父の詫び状』に見えている、父の経歴、職業、一家のくらしむきを見ておこう。その際、ときどき、わたし（高島）の父親のことを参照する。似た点が多いからである。わたしの父は明治三十九年九月生れで、三十七年十一月生れの向田邦子の父より二つ年下だが、まず同時代の男の子と言ってよかろう。高等小学校卒で職についたこと、はたらきながら夜間の学校へ行ったことなども共通している。なお、向田邦子もわたしも一番上の子であるが、わたしは向田邦子より七学年下である。これは向田邦子の父の結婚が比較的はやく、わたしの父が比較的おそかったゆえである。

以下、記述内容に異同のないかぎり、題は単行本のものをしるす。そのほうが読者が検索しやすいと思うゆえである。

なおこの節は松田良一『向田邦子　心の風景』（講談社）によるところが多い。松田氏は椙山女学園大学教授。この本は学者の著作だけあって、基本的な事実の調査がきちんとしていて信頼がおける。

向田邦子の歿後、彼女を追悼し記念する雑誌増刊、書籍、小冊子などが多く出た。みな向田邦子の年譜がついていて、その最初に「昭和四年十一月二十八日東京市世田谷区若林に生まれる」とある。これを見るたびにわたしは腹を立てていた。最初にだれかがこう書いたら、あとはつぎつぎにそのまま丸うつししたのだろう。世田谷区は、昭和七年東京市がいわゆる「大東京市」になった時に「新二十区」の一つとしてできたのであって、向田邦子がうまれた昭和四年に「世田谷区」は存在しない。昭和四年当時世田ケ谷は府下である。松田氏のこの本の年譜には「東京府荏原郡世田ケ谷町若林八十六番地（昭和七年、東京市世田谷区となる）に生れる」とある。これが正しい。「世田ケ谷」が区になった時に「ケ」を抜いて「世田谷」としたのもこの通りである。松田氏の本は神経がゆきとどいている。

こういうことを「小さいことだ」と思う人があるかもしれぬが、こういう小さいところのきちんとできぬ人は、もっと大きなところも必ず粗雑で、信頼できるものは書けぬのである。

「昔カレー」にこうある。

〈父は（…）高等小学校卒の学歴で、苦学しながら保険会社の給仕に入り、年若くして支店長になって、……〉

「苦学しながら保険会社の給仕に入り」というのは、ややおかしい。「苦学」というのは、はたらいて収入を得、自分で自分の生活を維持しながら学校へ行くことである。向田邦子の父は、苦学しながら保険会社の給仕になったのではなくて、給仕になってから苦学をはじめたのである。

石川県の高等小学校を出たのが大正八年の三月、徴兵保険会社にはいったのが同年六月、大倉商業学校専修科（夜間部、二年半）にはいったのが同年のおそらく九月である。徴兵保険会社には給仕を夜間の学校へ行かせる制度があったから（東京の比較的大きな会社の多くはそういう制度をもうけていたようだ）、便宜をはかってもらえたのであろう。卒業は大正十一年二月である。同十三年一月、満十九歳二か月で、給仕から社員に昇格している。商業学校を卒業して入社した者と同資格にあつかわれることになったものと思われる。

鹿児島支店長になったのは昭和十五年、満三十五歳の時である。

鹿児島に転勤したのは、前年、昭和十四年の一月で、支店長心得であるが、実質支店長であったろうし、人も「支店長」と呼んだであろうから、この時を「支店長になった」時とすれば、満三十四歳である。長女の邦子は小学校の三年生になっている。

向田邦子は父について「高等小学校卒で」と書き、あるいは「父親の名も知らず、学歴はなし、金はなし」と書いている。これは無論「学歴が非常に低い」の意味で言っているのである。

昭和十六年の三月まで、小学校は、尋常小学校と高等小学校の二段階になっていた（同じ構内にあることが多かったが、別になっているところもあった）。同年四月から、尋常小学校は「国民学校初等科」、高等小学校は「国民学校高等科」となり、それが昭和二十二年の三月末までつづいたが、これは呼び名がかわっただけで実質は同じである。

尋常小学校は六年で、これは義務教育である。高等小学校は二年である。尋常小学校を卒業した者は中等学校へすすむことができる。「中等学校」というのは、男子の「中学校」、女子の「高等女学校」など、中等教育をおこなう種々の学校の総称である。「〇〇中等学校」という名の学校があるわけではない（高等女学校というのは、そういう名称なのであって、高等教育をおこなう学校なのではない。小学校をおえた女の子のはいる学校である。明治のはじめごろ、女子ばかりの小学校を「女学校」と称したので、それと区別するために、小学校を卒業した女子のはいる学校を「高等女学校」と称したのである）。

　それとは別に、明治三十年代以降、「学齢」ということばがあった。学齢とは、学校へ行って教育を受けるべき年齢、ということである。満六歳より満十四歳までを学齢とする、と「小学校令」にさだめられていた。

　しかるに義務教育は六年、すなわち満十二歳までである。だからそのあとの二年というのは、学校へ行って教育を受けるべき年齢と法令でさだめられているのだが、行かなくても法令違反とはならない、という中途半端なことになっていた。

　向田邦子の父やわたしの父が尋常小学校をおえた大正なかばごろには、尋常小学校をおえた男の子の、だいたい二割が中等学校に進み、一割が尋常小学校のみでおわり、七割が高等小学校にはいる、というくらいの割合であった。ただし、これはかならずしも、中等学校進学率が二割、ということではない。中等学校にはいるには入学試験がある。これに落ちた者は腰かけ的に高等小学校にはいり、一年間勉強して翌年の入学試験を受け、合格すれば中等学校へ進むのであるから（もちろんなかには二度落ちて三度目にはいる者もある）、進学率はもうすこし高いのであるが、いずれにしても半分以上が高等小学校卒業をもって学業をおえるのであるから、当時の男の子として、「高等小学校卒」というのは一番ふつうの学歴だったのである。

向田邦子の父が、むすめが書いているほど悲惨な境遇にあったのであれば、尋常小学校をおえたとたんに商家の丁稚なり職人の徒弟なりに出されそうなもので、それが高等小学校まで行かせてもらえたというのは、ある程度資力のある庇護者があったことを思わせる。向田邦子は祖母について、「キチンとした家に生れた人だった」と書いている。その兄弟（向田敏雄から見ればおじさん）あたりがうしろだてになって高等小学校へ行かせてくれたのであろう。また、能登の高等小学校を出た男の子が、東京の、それこそキチンとした会社の給仕にはいれたのも、何らかのうしろだてがあってのことと思われる。

その給仕というのも、はじめから、中等卒の資格をとれば社員に昇格させる、というふくみでの採用だったのではなかろうか。というのは、あとにのべるように大正八年の徴兵保険本社は社員わずかに六十九名という小さなエリート機構である。その外がわにおおぜいの外交員がおり、また代理店があるのだが、給仕とは言えはじめから中枢にはいっている。小さな組織だからそう数多くの給仕がいたとも思えない（雑用係としては「雇員」「小使」がいる）。また、夜間二年半、というほとんど形だけとも見える修学で、ふつうの商業学校を出て入社した者と同じかむしろ若い年齢で社員になり、その後トントン拍子で昇進している。「この子は、家庭環境はめぐまれないが優秀な子だし、うしろだてもあるから」ということで、中等卒の資格をとらせることを想定して給仕に採用されたのではないかと思われる。いわば「会社のはえぬき」である。向田敏雄の会社に対する強い忠誠心も、この「子供のころから育ててくれた会社」という思いによるものなのであろう。

わたしの父は、向田邦子の父に二年おくれて瀬戸内海の小島の高等小学校を出て、神戸の大工の徒弟になり、かぞえのはたちの時に人から、大工が夜間の学校へ行って建築技師になることのできるルートがあることを教えられて、大阪の工業学校（向田敏雄が行った商業学校もわたしの父が行った工業学校も、中等学校である）にはいり、卒業して神戸の高等工業学校（これは専門学校）の建築科にはいって、二十八で卒業した。そういうコースがあることを、親方もだれも教えてはくれなかった、と父は言っていた。だから、会社自体がそういうコースへみちびいてくれるところへ就職することのできた向田少年は、当時の高小卒の男の子のなかでは、よほどめぐまれた部類だったと言ってよいのである。

この大正なかばから昭和十年代までの二十年あまりのあいだに、小学校卒業者の進学率は年々高くなり、その需要に応ずるために、日本中で中等学校やその上の高等学校がぞくぞくと設立された。向田邦子が国民学校初等科をおえて高等女学校にすすんだ昭和十七年ごろには、男女とも、中等学校に進学する者がなかば以上に達していた。特に女子の進学率ののびがいちじるしく、男子の進学率をうわまわった。これは「女の子にも学問を」ということではかならずしもなく、「小学校卒ではいいところへお嫁にゆけない」という社会的雰囲気になってきたからである。初等科のみでおわる者はよほど特殊な、まれなケースであり、事実上ゼロにちかかった。

かように、向田邦子は、日本人の学歴程度が急速に高くなったあとの人であって、だれもが中等学校へすすむのが当然、という雰囲気のなかで少女期をすごしたために、自分の父の「高等小学校卒」という学歴が、異常に低いもののように感じられたのである。

なお、戦争は国民の生活に苛酷な影響をおよぼしたけれども、進学率ののびをおさえることはなかった。戦争中にも進学率は上昇しつづけたし、学校の新設はいよいよ多くなった。これは、アメリカとの戦いが科学技術の戦いであることが、為政者や教育関係者につよく意識されたこともかかわっている。

しかしまた、ひるがえって考えてみると、向田邦子やその世代の女の子たちが、自分たちとひきくらべて「高等小学校卒」というのを異常に低い学歴のごとく感じたのは無理からぬ点があるにしても、実は、八年ものあいだ正規の近代的学校教育をうけたというのはたいしたことなのであって、これら父親たちの親たち（幕末から明治はじめにかけてうまれた日本人）の大多数は、とてもとてもそんな長期の、系統だった教育をうけてはいない。

そういう点から見ても、向田邦子の父を、人なみはずれて学歴の低い人のごとく思うのは適当でないのである。

向田邦子の父は、「私生児」という一点はたしかにまれであるけれども、その経歴は、決して「特異な経歴」というほどのことはなく、むしろもっともありふれた経歴の人であったと言ってもよいのである。

なお、向田邦子の父が高等小学校を出て保険会社の給仕になったことは事実だけれども、この人の最終学歴は、さきに言ったように中等学校卒業なのである。それを向田邦子は「高等小学校卒の学歴で」と書くものだから、あたかもそれが最終学歴であるような印象を人にあたえてしまう。夜間の学校は学歴にはいらない、などというばかなことは決してないのである。

「お八つの時間」にこうある。

〈……昭和十年頃の中流家庭の子供のお八つは大体こんなところだった。

当時、父は保険会社の次長で月給九十五円。アンパン一個二銭だったそうな。〉

宇都宮にいたころのことである。

向田邦子の父の月給は、昭和三年結婚当時、会社の記録では八十円、夫人の記憶では八十五円だったそうである。五円は手当なのかもしれない。「お八つの時間」に言うところがただしければ七年後に十円ないし十五円あがっているわけである。ただし向田邦子は両親結婚当時の月給を六十五円と書いている(『眠る盃』「一冊の本」)。昭和十年の九十五円にもあやまりがあるかもしれない。もうすこし多かったのではないか、とわたしは思う。この前後、会社の業績が好調だからである(昭和九年度に保有契約高が五億円を突破している)。

昭和十年ごろ、巡査の初任給が四十五円、教員は五十円前後であったと週刊朝日編『値段の明治大正昭和風俗史』にある。初任給といっても、戦後のごとく毎年ベースアップがあるわけではないから、三十歳前後の巡査や教員もそれくらいか、あるいはそれよりややましな程度であったろう。

私の父は地方の土建会社につとめる建築技師だったが、昭和十二三年ごろの月給が六十円だったそうである。
してみると、昭和十年ごろ、保険会社の社員である向田邦子の父が九十五円かあるいはそれ以上もらっていたというのは、当時のふつうの水準から見れば、かなりの高給とりであったと考えてよさそうである。

父親のつとめ先について向田邦子は「保険会社」とのみ書いているが、正確に言えば徴兵保険会社である。これは男の子の幼児よりかけはじめ、その子が徴兵されると保険金が出るもので、大きくいえば生命保険のなかまにはいる。こんにち日本で出ている国語辞典、百科事典、歴史事典等いずれの辞典類にも徴兵保険に関する記載はない。「保険業」や「生命保険」の項にも、徴兵保険のことは出てこない。つまり読者には耳なれない保険であり、しらべる方法もない。向田邦子は、「軍国主義」的な感じをあたえるのをさけるために、単に「保険会社」とのみしるしたのかもしれない。

わたしは、昭和十三年十一月に「社団法人生命保険会社協会」が出した「国民貯蓄と徴兵保険」という冊子を持っている。これの「徴兵保険の目的」の項にこうある。

〈支那事変に於ける皇軍《くわうぐん》の連戦連勝《れんせんれんしよう》は固より将兵の勇戦力闘《ゆうせんりきたう》によるのでありますが、その背《はい》後《ご》に厳然《げんぜん》たる徴兵制度の存在《そんざい》することを忘れてはなりません。忠孝《ちうかう》一本《ぽん》のわが国体《こくたい》では、お子様が目出度《めでたく》御成人《ごせいじん》の上、徴兵として御入営、国家の干城《かんじやう》となられることは、家門《かもん》の誉《ほまれ》この上もないことであります。〉

ここまでのところは、もってまわった言いかただが、要するに、日本には徴兵制度というこわいものがあるのだ、おまえたちの子どもも、大きくなれば兵隊にとられるかもしれないんだぞ、とおどしている。

〈しかしながら入営《にふえい》に際《さい》しては、銃後《じうご》家庭《かてい》の護《まも》りとしての資金を用意しなければならず、また直接間接《ちよくせつかんせつ》に諸種の費用を要するのであります。〉

これは、働き手の若い者を持って行かれてしまったら、あとの生活はどうなるのか、というおどしである。

〈この資金この費用を、御子様《おこさま》の未だ幼少《えうせう》の頃から準備《じゆんび》して、御入営に際し行《ゆ》く人《ひと》も送《おく》る人《ひと》も安心《あんしん》して御国《みくに》への奉公が全《まつた》うし得られ、延《ひい》てはわが国《くに》固有《こいう》の徴兵制度の運行《うんかう》に寄与《きよ》せんとするのが、即ち徴兵保険の目的であります。〉

徴兵保険は、男の子が成人して満二十歳に達し、もし兵隊にとられたら、保険会社が当人またはその親に対して一定の保険金（その額は親の希望により加入時にきめる。ただし上限と下限がある）を支払うことを約束する保険である。生後すぐから満十五歳までの男の子が加入できる。保険料（親が保険会社に払いこむ掛金《かけきん》）の払いこみかたは、一時払い、毎年払い、半年ごと払いなど種々ある。早い時期に払いこむほど有利で、たとえば男の子がうまれてすぐ一時払いで七円払いこんでおけば、二十年後その子が兵隊にとられた時には百円の保険金がもらえる。満十五歳になってからであれば、三十六円一時払いして五年後に百円、というくらいの割合である。兵隊にとられなかった時は、すでに払いこんだ金額を返してもらえる。満二十歳になった男子の十人に一人が兵隊にとられる、と想定して会社の利益を計算してある（実際には、徴兵保険設立当時は、兵隊にとられる率はもっと低い）。

ずっとのちになって（つまり向田邦子の少女時代のころ）日本が大陸で戦争をはじめ、男の子の兵隊にとられる率が格段に高くなってくると、保険会社は支払い保険金が急激に増額するから一見経営が苦しくなりそうだが、実際にはそうなると加入者もどんどんふえるから資金量は増加し、徴兵保険会社はつねに成長していて、昭和十九年、二十年ごろにはおどろくほど大きな規模に達している。

徴兵保険会社は、第一、日本、富国、国華と四社あった。向田敏雄がつとめていた第一徴兵保険は明治三十一年創立のしにせであり（だから大正十三年まではただ「徴兵保険」という社名であった）、業界最大手である。向田邦子は「財閥系のかなり大きな会社で」（『父の詫び状』「お辞儀」）と言っているが、財閥との直接の関係はないようである。明治四十二年に九州博多の油問屋の当主太田清蔵が経営権を取得してから、平成十一年に東邦生命が破産消滅するまで、一貫して太田家の会社、という色彩が濃い。もしこの太田家を一個の財閥とみなすならば、「財閥系の会社」と言ってもよかろうが——。

第一徴兵保険は常に拡大をつづけたよくもうかる会社であるから、社員の待遇もよかった。

さきに言ったように、向田邦子の父は、昭和三年満二十三歳で結婚した時の月給が八十円か八十五円であった。このころ、大学を出て銀行にはいった者の初任給が七十円前後、高等文官試験に合格して中央官庁の高等官になった者の初任給も七十円くらいである。このころ大学を卒業するのは通常二十四五歳くらいである。つまり、四年前に給仕から社員になったばかりの向田邦子の父は、同年輩の、帝国大学を出て大蔵省や三井銀行にはいった者よりも多くの給料をもらっていたわけだから、いかに待遇のよい会社であったかがわかるのである。

「隣りの匂い」にこうある。昭和十一年である。この年七月に宇都宮から東京に転居した。

〈小学校一年の時に住んだ中目黒のうちは文化住宅のはしりであった。(…)うちは左端にあり、そのまた左隣りは小学校の校長先生だった。(…)

この家に落着いた第一夜に、宴会で帰った父が、間違えて校長先生宅の玄関を叩き、

「おい、帰ったぞ。二十五円の家賃にしちゃいいうちじゃないか」

と大声でどなったりして、越した匆々《そうそう》から波瀾含みであった。〉

昭和十年六月の東京市社会局福利課の借家家賃調査によると、一戸の家賃は、旧市域で十五円から二十円、新市域で十円から十五円が最も多いとのことである（立川昭二『昭和の跫音』）。中目黒は昭和七年まで荏原郡だった新市域である。この地域の月家賃二十五円の文化住宅は平均的借家の倍の家賃のハイクラスの家である。並びは校長先生と歯科医というのも、なるほどそのレベルの人がはいったのだなと思わせる。

「二十五円の家賃にしちゃいいうちじゃないか」というのは「安い家賃にしてはいい家だ」の意である。しかし月家賃二十五円は安くない。大多数の勤労者なら「二十五円もするだけあっていい家だ」と言うところだろう。

父のこのことばについては、二つの可能性が考えられる。

一つは、ほんとうは父は「二十五円もするだけあっていいうちじゃないか」と言ったのだが、向田邦子が昭和十一年当時の一般的な収入水準、家賃水準を知らず、二十五円を安いと思いこんでいて、「二十五円の家賃にしちゃ」と書いた可能性である。

『あ・うん』の冒頭で水田たみが、昭和十年、芝白金の借家について「三十円にしちゃいいうちじゃないの」と言っている。つまり水田たみは、月三十円の家賃を安いと感じる階層の女、という設定である。しかし作品中の水田たみの言動を見ると、とてもそんなブルジョア夫人のように書かれてはいない。水田たみの人物像とこのせりふとは矛盾している。これによっても向田邦子が昭和十年前後のころの家賃水準をよく知らなかったことがわかる。

もう一つは、向田邦子の記憶は正確であって、父はたしかに「二十五円の家賃にしちゃ」と言った、向田敏雄は二十五円の家賃を「安い」と感じる階層に属する人であった、という可能性である。

わたしは、後者の可能性が強いと思う。

一般的に言って、月二十五円の家賃は安くない。しかし戦前の東京は、収入および生活水準の上下の差が大きい。二十円台、あるいは三十円をこえる家賃でも、高いと感じない人も数多くいた(割合としては小さくても、東京は人口の分母が大きいから、数パーセントでもかなりの数になる)。

一例をあげると、河上肇は昭和十二年六月に刑期満了で出獄し、在獄中に夫人が杉並区天沼(これも新市域）に家を借りていたので、ここに帰った。この家のことを「僅か二十二円の家賃」と書いている（『自叙伝』四）。はじめ河上肇が京大教授をやめて昭和五年の一月に東京へ出てきた時住んだのは西大久保（当時豊多摩郡、昭和七年東京市に編入され淀橋区）の借家で、「家賃は何んでも五十五円位のものだつたかと思ふ」「家は汚い代り家賃の割には手広だつた」（同二）と書いている。五十五円でも高いとは感じていない。「家賃の割には手広」は「安い割には広い」ということである。二十二円を「僅か」と思うはずだ。

河上肇と同じ陣営に属する佐多稲子は、同じころ、月々十円の家賃が払えなくて四苦八苦していた（『値段の明治大正昭和風俗史』）。上下の差が大きいのである。

向田敏雄は、河上肇ほどではないにしても、二十五円くらいの家賃を高いとはすこしも思わない、むしろ安いと感じる階層の人だった――とそう考えてよいだろう。無論、向田家もそういう階層に属する、くらしのゆたかな家だったのである。

「ごはん」にこういうところがある。昭和十三年、東京目黒にいたころである。向田邦子は小学校三年生。

〈保険会社の安サラリーマンのくせに外面《そとづら》のいい父。親戚には気前のいいしゅうとめ。そして四人の育ち盛りの子供たちである。この鰻丼だって、縫物のよそ仕事をして貯《た》めた母のへそくりに決っている。〉

「安サラリーマン」は筆のアヤであろう。決して「安」ではない、どころか高給とりのサラリーマンなのである。

「親戚には気前のいいしゅうとめ」というのは父の母である。「親戚」というのは嫁の親戚（向田邦子から見れば母かたの祖父母とおじさんおばさんたち）のことであろうが、この祖母は、気前よくあたえるほどの自分の金を持たされていたのだろうか。「あだ桜」に、「長男である父はそういう母親を最後まで許さず、扶養の義務だけは果して死に水を取ったが、終生、やさしい言葉をかけることをしなかった」とある、そういう立場の人である。家長の母親と言っても、ありようは、家事手伝いにすぎないのである。

「四人の育ち盛りの子供たち」とある。下の妹はこの年、昭和十三年にうまれている。ふつう、うまれたばかりの赤ん坊を「育ち盛り」とは言わない。

「縫物のよそ仕事をして」とある。好意で親しい人の縫物を手つだうことはあるかもしれないが、まさか生活のために「縫物のよそ仕事」をする必要はなかろう。第一に、戦前の日本で家長がちゃんとしたところに勤めているサラリーマン家庭の主婦は通常そんなことはしない。第二に、ここにも書いているように、父は外面がいい、つまり体面をおもんずる人なのである。家賃二十五円の文化住宅に住んでいながら内証は苦しくて奥方が賃仕事をしている、と人に言われるようなことをゆるすはずがない。

『父の詫び状』にもフィクションはある。この一段などは、ことごとくフィクションだと言ってよい。

五　新しい家族

『銀座百点』連載ないし『父の詫び状』（以下単に『父の詫び状』という）にえがかれた向田家は、父親が全権をにぎっている。こどもたちはもとより、母も祖母も全面的にその指揮下にある。言ってみれば、父親を司令官とする小さな部隊みたいなものだ。

こういう家族を、日本の伝統的な家のように言う人があるが、それはまちがいである。これは、大正から昭和にかけて、日本の都会に大量に出現してきた新しい家族形態である。「新興家庭」「新中間層」などと呼ぶ。向田家は典型的な「新しい家族」、こんにちではひろく一般化した「核家族」のはしりである（なおこの「新中間層」に対して各種自営業者——その大部分は農業者——を「旧中間層」という）。

出現してきたばかりの新しい家族だから、主人は比較的わかい。『父の詫び状』の中心になる昭和十年代、向田敏雄は三十代の父親である。そして知識人である（向田邦子は『父の詫び状』において、頑固な暴君としての父親像をクッキリさせるために、父親の知識人としての側面をほとんど書いていない。しかしこの人は都会知識人なのである）。

家は東京にある。時々地方へ転勤するが、そこにそのまま住みつくのではなく、根拠はつねに東京にある。父の勤務先の本社が東京にあるのだからこれは当然である。

あるじはしっかりした会社につとめ、安定した収入がある。この収入によって他の家族が生活している。あるじに異変のないかぎり、ゆるぎのない家族である。

もちろん、ある意味ではこれは脆弱な家族である。たよりになる男は一人しかいない。あとは女子供と老人ばかりである。土地も屋敷もない。田畑も山もない。あるじが健康で毎日会社に出勤している、ということ一つにいっさいがよりかかっている。もしあるじになにか異変があれば、たちまち一家が崩潰しかねない。しかし、そういう家族が日本社会の最も安定した家族であり得るようになったのは、それをささえる社会のしくみがしっかりし、ゆたかになってきたからである。

向田敏雄のばあいであれば、この人の背後には第一徴兵保険というたしかな会社がついている。この会社がいわば「お家」であり向田敏雄はお家につかえる侍なのだから、会社に忠誠なのは当然である。その第一徴兵保険は、他の数多くの保険会社とささえあっている。その保険業界は日本資本主義のゆるぎない一画を占めている。向田家は一見脆弱だが、向田家をささえているものは決して脆弱ではない。

こういう、家族が小人数で、その関係が明白かつ簡素で、そのわくぐみと成員が長期にわたって安定していて（つまりしょっちゅう顔ぶれが変るとか、どこまでが家族の範囲かわからないとかいうことがない）、その一家が、一人だけ収入を得ている父親にひきいられ、その父親は、たしかな勤務先（官庁、会社、軍、学校、病院等）につとめて、確実な（かつ十分な）収入のある教養人である——そういう家庭が、大正以後の日本の都会に出現してきた新興家庭、新中間層である。向田家はそういう家であるし、また向田敏雄とその妻は、意識的かつ意欲的に、向田家をその新興家庭のりっぱな一つにしようとしている。

向田邦子が育ったのは、決して日本の古いタイプの家などではなく、こうした尖端的な新興家庭であり、その父親は、新しいタイプの一家のあるじなのである。

こういう家族において、父親が全権を掌握する司令官であるのは当然であるが、特に重要なのは、父親が（もしくはその補佐役たる母親とあわせて両親が）こどもの教育に全責任を負っていることである。

向田邦子は、父親が彼女とその弟のためにヘンテコな机をあつらえたとか、ばかでかい絵具一式を買わせたとかの逸事を、誇張しておもしろおかしく書いている。しかしこれは、筆者自身は気がついていないのだが、父親がこどもの教育権をにぎっているという、新興家庭のだいじな一要件をものがたっているのである。

古い農村型の家族を考えてみよう。まず一家の人数が多く複雑である。向田家における父親の勤め先のようなしっかりしたうしろだてがないかわりに、家族自体が種々の防衛機構や安全装置をそなえている。家屋敷があり、田畑がある。はたらき手が多い。もちろん女も生産活動に従事する。

こういう家族で、三十代の夫婦に数人のこどもがあったとして、父親が（あるいは両親が）全面的にこどもの教育権をにぎることはあり得ない。はたらきざかりの夫婦は当然毎日野良に出てはたらく。こどもは、小さい時は、すでに生産活動からしりぞいた老人（おおむね祖父母）によってかわいがられ、育てられる。やや長じては、村の子供組などにはいって、年長の子に教育される。こどもが親から教えられるのは生産活動にかかわることだけである。歯をみがくことは教えられないが、鎌をとぎ、手入れすることは教えられる、といったふうに。しかしそれも多くは、見よう見まねでおぼえてゆくのである。

これを要するに、古い農村型家族では、生産活動の手順や技能などをのぞけば、親はこどもの教育には無縁である。権限もなく関心もない。

都会ではどうか。昔からの上流家庭では、こどもが小さい時の乳母や子守りからはじまって、教育の任にあたる者がいる。

下層では、こどもの教育どころではない。いやそもそも、都市下層では家族というものがあいまいであった。世帯単位で把握できる程度に家族のまとまりがつくられるようになってきたのは大正のなかば以後であるという。われわれはいま、両親とこどもたち、という家族単位は自明のものであり、むかしからあるにきまっているごとく思いこんでいるが、これが成立したのは案外あたらしいのである。

広田照幸『日本人のしつけは衰退したか』（講談社現代新書）にこうある。

——新中間層の教育意識は、地域や親族のネットワークに人間形成機能をゆだねないという意味で農村や都市下層の教育とことなるし、家内使用人や祖父母・兄姉にゆだねないという意味で上流階級や豪農・豪商ともことなっていた。そしてまた——

〈都市の新中間層は、地域との関わりがきわめて薄かった。むしろ、彼らにとって地域とは、俗悪な繁華街やあやしい色街、すさんだ貧民窟など、子供に悪影響を与えかねない要素に満ちた、警戒すべき対象であった。また、彼ら新中間層は夫婦と子供という核家族の形態で住むことが多く、祖父母や親族からの直接的な干渉を逃れていた。祖父母といっしょに住んでいる場合でも、夫の稼ぎで生計を立てる形をとるため、祖父母の発言力は小さく、子供のしつけや教育は夫の権威の下で妻の直接的な裁量でおこなわれることになった。〉

向田家では、こどもの教育に関して父親の母親に対する指揮権が強く、したがって母親の裁量権がやや小さかったようであることを除けば、右の記述は、ほとんど向田家のことを書いているようであることに気づかれるであろう。

実際、『父の詫び状』には、向田邦子やその弟妹が地域のこどもたちといっしょに遊んだということがほとんど出てこない。近所の年かさの子につれられて知らないところへあそびに行った、というようなことはさらにない。こどもたちはつねに、親の目のとどく範囲にいるようである。親たちは、こどもたちの保護と教育とに全力をかたむけている。

たとえば衛生。

『父の詫び状』には「疫痢」ということばがよく出てくる。バナナや氷水は疫痢になる。水蜜桃や西瓜は疫痢になる。夏場に持ち帰りのすしは疫痢になる。……こうしたものは、こどもは食べさせてもらえない。親が直接、かつ厳格にこどもたちの衛生を管理している。これも新興知識人家庭の特徴である。上層ではこどもの食べるものは乳母や婆やなどの使用人にまかされている。下層ではこどもがどこで何を買い食いしているか親は無関心である。『父の詫び状』には「私は一銭玉を握って駄菓子屋へ飛び込む買い食いが羨しかった」とある(「お八つの時間」)。まわりにはそういうこどもたちがいたのである。また資産家家庭の同級生の家へ行くとおやつのことは使用人にまかされていて、親はこどもの食べているものに関心なく、「父親はチラリと私達を見ただけで全く表情を変えずに引っ込んだ」というところがある(「海苔巻の端っこ」)。上層も下層も、こどもたちが口に入れるものを両親がすべて、かつ直接に、把握しているということはなかった。新中間層の家庭ではじめてそれが厳格におこなわれたのである。

もちろん、あれもダメこれもダメの大部分は、たとえ食ってもたいてい大丈夫だったのだろうが、しかし十に一つか百に一つは実際危険なものもふくまれていたろう。この徹底した「疑わしきはすべて排除」方針によって、四人のこどもがそろって健康に育ったのである。

したがって、こどもが縁側からおちて頭にこぶをつくったくらいでも「阿鼻叫喚《あびきようかん》の騒ぎ」になり、父は「この世の終りといった思いつめた顔」にもなるわけだ。

母親は毎夜、こどもたちがあす学校へ持って行く鉛筆を一本一本ていねいにけずる(「子供たちの夜」)。宿題がきちんとできているかどうか、父も母もつねに気をつけている。宿題をやるのを忘れていた、となると大騒ぎで、おひつの上で教科書をひきうつしたり、汽車のなかで九九を教えこんだり(「あだ桜」)、父親が紙風船をつくったりする(『眠る盃』「父の風船」)。ついには盲腸手術直後のむすめにかわって父親が編入試験の駆足をする夢を見てうなされる（「身体髪膚」）というまでになる。

新興家庭は「教育する家庭」である。生きた宝ものを守り育てる単位である。父親が司令官、母親がその忠実な補佐官だが、こどもたちはそれよりももっと高貴な、御神体であった。御神体に傷をつけた時、親たちがいかに狼狽し逆上するかは、『父の詫び状』の随所に活写されているとおりだ。

『父の詫び状』は、宝ものであるこどもたちの周囲をふた親があたたかくかつ堅固に守って、日々をはこんでゆく昭和新興家庭の物語なのである。

向田邦子は非常に記憶力のいい人であるから、自分がこどものころの家のなかの、モノやコトについては実によくおぼえており、また的確にえがき出している。しかし、その背景となる当時の日本の社会や、その社会のなかでの自分の家の位置づけについては知らなかった。こどものころに知らないのは当然だが、おとなになっても知らなかった。

だから、自分の家の種々の特徴（と彼女が思ったもの）を、父親の特異な性格によるものと考え、その生れやおいたちの暗さを（おそらくは過度に）強調した。――父を知らぬ私生児。孤独で不幸な少年時代。高等小学校卒。給仕という屈辱的な地位。夜間の学校で学んだみじめな青年時代……。こうした暗い不幸な経歴がこの人に、劣等感の強い、ひがみっぽい、ゆがんだ性格をもたらした。それが、家族を威圧する暴君、なんでも大きなもの好きの見栄坊、等々となってあらわれた。――これが向田邦子のえがき出した向田敏雄像である。

しかし、私生児という一点を別にすれば、あとはみな向田邦子の虚構、あるいは思いちがいである。

その当時、日本の男の子の大半が高小卒で社会へ出たことはすでにのべた。地方の高小卒の男の子のなかでは、向田敏雄は異例にめぐまれたコースに乗った（またそういうコースに送りこんでくれるうしろだてがあった）人であることものべた。中等学校以上の学校に籍を持つ男子学生のなかばが夜間部生（専門部生）だった時代なのである。向田敏雄の経歴は、むすめが強調するほど、特別暗くも特殊でもないのである。――なおついでに言えば、向田邦子は『父の詫び状』だけでなくその他いくつもの作品で、「暗い青年時代だった」という意味で「学校は夜間だった」という記述を多用している。これは思いこみによる偏見というほかない。

父親の性格については、無論わたしは他人だから知らないけれども、ひがみっぽい性格とか暴君とかいうほどだっただろうか、という疑問は持つ。

向田邦子の母は、東京の堅気の職人のむすめである。夫がもしそういう性格の人であれば、多少なりとも軽侮ないし嫌厭の兆候があってもよさそうである。しかしこの母は、むすめの書いたものに見るかぎりだが、夫を信頼し、心服している。いい会社につとめいい給料をもらっているというだけで人は人に心服するものではなかろう。だいじなのはその人物である。

向田敏雄という人は、柔軟な心を持った、円満な教養人だったのだろう、とわたしは思う。

おなじことばが、戦前と戦後では意味がちがい、あるいは社会的位置づけがちがう、ということはしばしばある。そのことに向田邦子が、十分に注意深かったとは言えない。

『あ・うん』のはじめのほうにこういうところがある。時は昭和十年である。

〈門倉は門倉金属の社長である。年はあと厄《やく》の四十三だが、あと厄どころかこのところアルマイトの流行に乗って急激にふくれ上り、社員も三百人を越して景気がいい。〉

最初これをよんだ時わたしは、ずいぶん大きな会社だなと思った。社員が三百人もいるなら、職工は何千人もいるだろう。大会社である。

もっとも、不審な点もある。そんな大きなアルマイト工場があったのか、とも思うし、急激にふくれあがったことを数で示すのなら、会社の規模なり従業員数なりを言えばよいのに、とも思う。

さきをよむと、門倉金属はすこし大きめの町工場にすぎない。折りたたみ弁当箱のうれゆきが不振でかんたんにつぶれている。社員さまがいるような本格的な大企業ではなかった。

これは、向田邦子が戦前の会社（特に鉱工業）における「社員」ということばの重みを知らないゆえであろう。社員とは、その会社ではたらいている人、つまり従業員全体のことだと思っているらしい。

「社員」は学校出のエリートである。軍隊でいえば将校、官庁ならば高等官、つまりいわゆる「キャリア」である。ホワイトカラーの月給とりである（対して職工はブルーカラー、いわゆる菜っ葉服で、給与は日給計算）。

わたしがそだったのは造船のまちだが、「社員さん」の家はみな大きかった。庭がひろくて、木がしげっていて、池があって、庭でかくれんぼができた。対して工員住宅は、長屋が何十棟もびっしり並んでいて、ところどころに共同水道があった。江戸時代の山の手の武家屋敷と下町の長屋みたいなものである。

向田邦子の父がつとめていたのは保険会社だから製造業とはちがう点があるが、基本はかわらない。向田敏雄が給仕として入社した大正なかばから、社員に昇格した昭和初年にかけてのころの徴兵保険（大正十三年以後は第一徴兵保険）の組織は、わかりやすく言うと、中央に小さな輪があり、その外がわに大きな輪があり、さらにその外がわにもうひとつの大きな輪がある、といった形をしている（以下すべて『東邦生命五十年史』『東邦生命八十年史』による）。中央の小さな輪は本社機構で、ここに所属する者を「内勤社員」と呼ぶ。これが製造業の社員にあたる。社員の最も地位の低い者が「書記補」、その上が「書記」である。中等学校を卒業して入社した者は書記補、専門学校以上を卒業して入社した者は書記に任ぜられて、だんだん地位があがってゆく。

右の学歴を持たない給仕は「準社員」で、内勤社員に属する。これが夜間の商業学校へかよって卒業すれば、正規の内勤社員（書記補）になる資格ができるわけである。内勤社員の人数は、部長、課長から給仕まで全部あわせて、向田敏雄が入社した大正八年に六十九名、社員に昇格した大正十三年に百七十六人だからわずかなものである。

二つめの輪は各地の支店、支部で、これを「外野」と呼んでいる。大正八年から十三年にかけての時期、支店、支部の数は、本社内にある東京支店をふくめて九か所、向田敏雄が宇都宮支部に転勤した昭和五年に十四か所である。支店長（もしくは支部長）とそれを補佐する書記（もしくは書記補）は本社から派遣される。

向田敏雄は昭和五年四月、支店長の次席の書記として宇都宮支部に出むき、すぐに主任（書記の上）に昇格している（満二十五歳、向田邦子生後五か月）。この中央から来た社員が、地つきのあまたの外交員（勧誘員）を指揮して営業活動（契約の獲得）をおこなっている。外交員は把握が容易でないのか社史に逐年の数字がないが、昭和十八年に内勤社員の二十倍強、二万余名いる。昭和十年ごろで数千名程度いたのではないかと思われる。顧客の信頼を得る必要上これらの人たちはみな「社員証」を持たされており、「外勤社員」と呼ぶ。

向田邦子の随筆に、父が各地の支店長だったころ、契約獲得数が多いときげんがよく、目標に達しないと顔色がすぐれないとある保険契約は、これら地つきの「外勤社員」たちがとってくるのである。正月に支店長宅へあつまってきて酒をのむのはこの人たちや、あとにのべる代理店の人たちである。がんばってもらおうと思えばごきげんをとる必要があるわけで、向田家に客が多いのは当然なのである。この人たちの給与は契約獲得金額に応じて支払われる。この二つめの輪までが徴兵保険（第一徴兵保険）会社の範囲内で、内勤社員（支店、支部に派遣されている者をふくむ）の指揮下にある。

その外がわの輪が代理店で、これは常に数千店ある（昭和五年二千六百余店、同十五年五千八百余店、同二十年九千百余店）。

こうしてみると、代理店までふくめた会社の規模、人数は非常に大きなもので、それに比較すると中央機構に属する社員の数はすくない（昭和五年三百三十一名、同十五年八百三十二名）。この人たちが、ホワイトカラーの月給とりであり、向田敏雄はその一員である。

もっとも向田敏雄は、専門学校以上を卒業して入社したほんもののエリートではない（だから本社部長どまりで取締役にはなれなかった）。いわばたたきあげでエリートコースにはいった人である。ちょうど軍隊で、士官学校や兵学校を出て少尉に任官した将校よりも、下士官あがりの将校のほうが典型的理想的な将校としてふるまおうとしたようなもので、向田敏雄に、大正後半から昭和初めにかけての新興中間層の意識がとりわけ濃厚なのはそのゆえである。

戦後は、従業員がみなサラリーマンになった。戦前のサラリーマンはエリートだが、戦後は、会社につとめている者はみなサラリーマンである。向田邦子は、こどものころの自分の家庭が「サラリーマン家庭」であったゆえに、それを、戦後の日本中にひろまった最も一般的な「サラリーマン家庭」とおなじものだと思った。「サラリーマン」の意味のちがい、社会的位置のちがいを知らない。だから、自分の家を、ごくふつうの庶民家庭だったのだと思っている。その庶民の一家族が、肩よせあって生活しているつつましい家庭として、自分の家族をえがき出したのである。

読者もまた、戦前の「サラリーマン家庭」を、自分たちの時代のサラリーマン家庭と同じようなものと思った。また、戦後三十年たって、日本人の生活水準はいちじるしく向上している。昭和五十年ごろの日本の、平均的な家庭の生活水準は、昭和十年代の富裕階層の生活水準よりずっと高い。向田家を、その当時の東京の平均的家庭と比較することを知らず、いまの自分たちと比較すれば、まことにささやかな、つつましい生活水準である。だから自分たちと同じレベルの家庭と思って共感した。そこに、向田邦子の誤解と読者の誤解との、幸福なひびきあいがうまれたのである。

第三章　潰れた鶴

一　小さなクリスマスケーキ

『銀座百点』連載は、二十四篇すべて、自分のことを書いている。これを書いた時、向田邦子は四十代の後半であるが、ものごころついてより現在までの四十数年がまんべんなく出てくるわけではない。かたよりがある。書かれているのは、おおむね二つの時期である。

一つは、現在、あるいはここ数年である。著者は都心のマンションに住み、テレビ脚本作家として安定した生活をしている。その現在の生活のなかでのちょっとした、たいがいは愉快なできごと、すくなくともさしさわりのないできごとが話題になっている。南米へあそびに行った時のことを書いた「リマのお正月」（単行本では「兎と亀」。以下は、各篇の題は初出にさかのぼる必要があるばあいをのぞき、読者が参照しやすい単行本の題でしるす）や、タクシー運転手のことを書いた「車中の皆様」など長いものから、「記念写真」のポスター撮影の話、「父の詫び状」の伊勢海老の話など短いものまで、ほとんど各篇に出てくる。もとよりそう深刻な話などはない。

もう一つは、こどものころのことである。わたしの言う「昭和十年代のメルヘン」、単行本『父

『父の詫び状』のメインテーマをなす部分である。

この二つの部分のあいだには三十数年の歳月がはさまっているのだが、この間のことを書いたところはごくすくない。

向田邦子が高等女学校にはいったのは、アメリカとの戦争がはじまって四か月後の昭和十七年四月で、卒業したのは敗戦二年後の昭和二十二年三月である。はじめ、香川県高松の県立高松高等女学校にはいり、一学期いただけで、九月には東京の市立目黒高等女学校（十八年七月都立目黒高等女学校と改称）に転校して、この学校を卒業した。

高等女学校というのは尋常小学校を卒業した満十二歳の女の子がはいる学校である。一年生から三年生まではこんにちの中学校に相当し、四年生と五年生はこんにちの高校一年と二年に相当する。――尋常小学校は昭和十六年四月から国民学校初等科と名称がかわった。したがって向田邦子は、六年生だけが国民学校で、最初の国民学校初等科卒業生として昭和十七年の四月に高等女学校にはいった世代である（厳密に言えば国民学校は「卒業」と言わず「修了」と言った）。

『銀座百点』連載、つまり『父の詫び状』には、この高等女学校時代のことが七件出てくる。

まず、高松高等女学校にはいった直後（あるいはむしろ同時）の昭和十七年四月に父が東京に転勤になり、向田邦子はお茶の師匠の家に下宿したことが「昔カレー」にある。

入学してすぐ、運動場で上級生の鉢巻を拾ったことが「わが拾遺集」にある。

一学期の終りに目黒高女の編入試験を受けたことが「身体髪膚」にある。

この三つは、高女入学後とはいっても、まだこどものころ、と言ってよい。

つぎに、祖母の通夜の時に、父の会社の社長が来たことが、「お辞儀」にある。これは、『父の詫び状』のなかでも最もよく知られた、またよく引かれるところである。

〈通夜の晩、突然玄関の方にざわめきが起った。

「社長がお見えになった」

という声がした。

祖母の棺のそばに坐っていた父が、客を蹴散らすように玄関へ飛んでいった。式台に手をつき入ってきた初老の人にお辞儀をした。

それはお辞儀というより平伏といった方がよかった。（…）当時父は一介の課長に過ぎなかったから、社長自ら通夜にみえることは予想していなかったのだろう。それにしても、初めて見る父の姿であった。

（…）肝心の葬式の悲しみはどこかにけし飛んで、父のお辞儀の姿だけが目に残った。私達に見せないところで、父はこの姿で戦ってきたのだ。父だけ夜のおかずが一品多いことも、保険契約の成績が思うにまかせない締切の時期に、八つ当りの感じで飛んできた拳骨をも許そうと思った。私は今でもこの夜の父の姿を思うと、胸の中でうずくものがある。〉

『父の詫び状』全体のなかでも、最もよく書けているところの一つである。「客を蹴散らすように玄関へ飛んでいった。」「それはお辞儀というより平伏といった方がよかった。」「私達に見せないところで、父はこの姿で戦ってきたのだ。」みな、うまい。

この情景をむすめの向田邦子が見ており、また右に引いたような感慨をいだくのだが、右に引用したところだけを見た読者は、おおむねどれくらいの年ごろのむすめを思いえがくだろうか。

実は右に引いたところのすぐ前に筆者は、「祖母が亡くなったのは、戦争が激しくなるすぐ前のことだから、三十五年前だろうか。私が女学校二年の時だった」と書いている。向田邦子の祖母が死んだのは昭和十九年の一月である。戦争はもう十二分にはげしい、どころかはっきり負けいくさときまった段階だが、東京への空襲はまだはじまっていない。向田邦子はここに書いてあるとおり女学校二年生、満十四歳と二か月である。

満十四歳の女の子が、「私達に見せないところで、父はこの姿で戦ってきたのだ」と思い、その父を「許そうと思った」とすれば、これは相当精神の発達の早い女の子である。向田邦子はそれくらい早熟であったのかもしれないが、しかしそれよりも、この時はその父の姿をつよく印象にとどめたのみであって、「父はこの姿で戦ってきたのだ」と思い「許そうと思った」のは、もうすこし大きくなってからと考えるのが実情にちかかろう。

つぎに、冬の夜父が帰宅途中になくした靴を翌朝さがしに行った話が「父の詫び状」にある。灯火管制、戦闘帽の父、などとあるから、昭和十九年の暮か二十年初めである。

つぎに、昭和二十年三月十日の東京大空襲の時のことが「ごはん」にある。この時の家は目黒区中目黒、祐天寺のちかくである。「三方を火に囲まれ、もはやこれまでという時に、どうしたわけか急に風向きが変り、夜が明けたら、我が隣組だけが嘘のように焼け残っていた。私は顔中煤《すす》だらけで、まつ毛が焼けて無くなっていた」とある。あやうく罹災をまぬかれた。女学校三年、満十五歳である。

つぎに、目黒女学校の西洋史担当の芹沢先生が予防注射でショック死した時のことが「ねずみ花火」にある。年ははっきりしないが、情況より見て昭和二十一年ごろのことであろう。女学校の四年生か五年生である。

女学校時代のことは以上である。

昭和二十二年の三月に目黒高等女学校を卒業して、四月に実践女子専門学校にはいった。

向田邦子は昭和四年十一月うまれで同十一年四月に尋常小学校にはいった世代だが、この学年は、学校制度の変りめ変りめにぶつかっている。もっとも全国の同学年の者百数十万人がいっしょにぶつかったのだから、一人一人の者はそう翻弄されているという感じはうけなかったかもしれないが。

以下、向田邦子のばあいに則して、学校制度変更のことをかんたんにしるしておく。

小学校六年生になった時に「国民学校」と名称がかわり、国民学校の第一回卒業生となったことは先に言った。もっとも当人は、たとえば「ねずみ花火」に「その頃、私は四国の高松に住んでおり小学校六年生だったが」云々と書いている。最後の一年は「国民学校」であったことが、記憶からうすれてしまったのかもしれない。

昭和十七年四月に香川県立高松高等女学校にはいり、同年九月に東京市立目黒高等女学校に転校した。翌十八年七月の都制実施により校名が東京都立目黒高等女学校とかわった。翌十九年四月、高等女学校の修業年限が短縮されて四年になった（地方の学校でははじめから四年のところもあるが、向田邦子には関係しないからふれない)。

翌二十年八月の敗戦の時には、向田邦子は四年生である。したがって翌二十一年の三月には卒業するはずであった。しかるにその三月になって、修業年限がまた五年にのびた。あと一年在学することになったわけである。ただし修業年限四年と約束したのであるから、卒業したい者は卒業できる。すなわち卒業証書はもらえる。けれども、上の学校に進む資格はあたえられない。だから事実上卒業を認めていないみたいなものである。目黒高女の実情は知らないが、おそらく、進学を希望するとせぬとにかかわらず、大部分の者があと一年いるほうをえらんだであろうと思う。もちろん向田邦子ものこった。そして二十二年三月に進学資格つきの卒業証書をもらって卒業し、四月に実践女子専門学校に入学した。満十七歳である。当時実践女専は渋谷にあった。専門学校の修業年限は三年である。

向田邦子が実践にはいった昭和二十二年は教育制度の大改革がはじまった年である。四月から、国民学校はもとの「小学校」にもどった。その上に義務制三年の新制中学校ができた。従来の中等学校は「高等学校」に昇格した。向田邦子が卒業した目黒高女も都立目黒高等学校になった。従来の専門学校は順次大学に昇格した。したがって実践女子専門学校も、向田邦子の在学中に実践女子大学に昇格したはずだが、これは新制の高校を卒業した満十八歳以上の女子がはいる学校である。向田邦子ら旧制高女卒業者は旧制の女子専門学校のまま昭和二十五年の三月に卒業することになる。

実践女子専門学校入学と同時の二十二年四月に父が仙台支店長になり六月に一家は仙台に移ったが、向田邦子は弟とともに東京にのこり、麻布市兵衛町の母の実家に下宿した。この家には、母の両親と、NHKにつとめる弟（向田邦子にとっては叔父）とその妻がいたようだ。父の勤務先は敗戦直後に新日本生命保険と社名を変更している。軍隊がなくなりしたがって徴兵がなくなったのだからこれは当然である。二十二年には東邦生命と名称をかえた。

実践女子在学中のことを書いたところも多くない。

冬休みに仙台の家に帰って、酔った客が玄関にはいた吐瀉物を掃除したことが「父の詫び状」にある。多分昭和二十二年暮から二十三年初めにかけての冬休みであろう。

さきにも言ったようにこの篇は『銀座百点』の連載では第十七回（昭和五十二年十一月）「冬の玄関」として発表され、単行本では「父の詫び状」と改題され、巻頭におかれた。読者の頭に最も強く焼きつけられるのがこの話である。ただし焼きつけられるのは父である。妻やむすめに申しわけないと思う気持はあるのだが、それをすなおにあらわせず、東京へ帰ったむすめよりも先に東京についている手紙（つまりむすめがまだ家にいるうちに東京の下宿あてに出した手紙）に、「此の度は格別の御働き」と書いて朱で傍線を引いてある。そして、「それが父の詫び状であった」というおしまいの一行。これが読者に強烈な印象をのこす。「そうだ、それが戦前の父親だったのだ」と思わせる。この話一つで向田敏雄は永遠に一つの典型としてのこる。しかしむすめは脇役である。

アイスクリーム売りのアルバイトをしたことが「学生アイス」にある。二十三年夏である。この篇は『父の詫び状』のなかではめずらしいもので、実践時代のことが話の中心になっている。『銀座百点』連載では第四回、食べものについての思い出が主題だったころのものである。

下宿先である母方の祖父が有楽町の毎日ホールへ古今亭志ん生の落語を聞きに行き、まちがえて読売ホールにはいってヴァイオリンを聞いてきた話が「記念写真」にある。

歳末に日本橋のデパートでアルバイトをした話が「チーコとグランデ」にある。昭和二十四年の暮なのであろう。「街は特需景気でわき返り、新しい千円札が出廻りはじめていた。美空ひばりが登場し、金閣寺が焼け、中小企業の倒産が新聞をにぎわせていた頃だった」とある。ここはかなり乱暴である。街が特需景気でわき返るのと中小企業の倒産が新聞をにぎわせるのとが、同時であるはずがない。ドッジラインによる不況で中小企業の倒産があいついだのはこの二十四年ごろだが、特需は翌二十五年六月に朝鮮戦争がはじまって以後である。厳密に言えば千円札が出たのは二十五年一月だから、二十四年の歳末にはまだない。金閣寺が焼けたのは二十五年の七月で、向田邦子が実践を卒業したあとである。このばあいにかぎらず、向田邦子はことなった時期のできごとを同時期のこととして書いていることが多いので、この種の記述はあまりあてにならない。

実践女子専門学校を卒業した昭和二十五年三月の写真のことが「記念写真」にある。

さきに言ったように『銀座百点』の連載が読者の願いを受けて「昭和十年代のメルヘン」と焦

点がさだまるのは、第十回「心に残るあのご飯」(「ごはん」)、第十一回「身体髪膚」あたりからである。そうすると、女学校はともかく、女専以後の自分のことは書きにくくなる。メルヘンの登場人物としては年齢も大きいし、性格が複雑になりすぎる。それに戦後のことになるからである。だから、まだ食べものについての思い出話の段階であった第四回「アイスクリームを愛す」(「学生アイス」)以外は、ごく断片的な話であり、数もこどものころの話にくらべるとはるかにすくない。

昭和二十五年に実践を卒業して以後、テレビ脚本作家としてたしかな地位をきずくまでのあいだのことも、あまり出てこない。出てきても、たいがいはごく断片的である。

昭和二十五年の三月に実践を卒業した向田邦子は、四月から四谷の財政文化社という会社に就職した。満二十歳。新制の短大卒とおなじである。財政文化社は教育映画をつくる小さな会社で、その社長秘書であったらしい。五月に父親が東京に転勤になり久我山に家をかまえた。向田邦子は麻布市兵衛町の祖父母の家から父母の家にもどった。以後十四年あまり両親とともに住む。

二年後の昭和二十七年、映画雑誌を出している出版社「雄鶏社」に転職した。オンドリ社、とよむらしい。雄鶏社は日本橋にあった。向田邦子はここで雑誌『映画ストーリー』の編集者になった。この会社に八年あまりつとめて、昭和三十五年の暮に退職し放送作家として自立した。満三十一歳である。

実践を卒業してから就職するまでのあいだに一日だけ代議士の秘書の手伝いをしたことが「隣

りの匂い」にある。

雄鶏社へつとめはじめてまもなくのころ、国電のなかで手袋を片方おとしたことが「わが拾遺集」にある。

おなじ「わが拾遺集」に便所へハンドバッグをおとした話がある。これはもうすこしあと、昭和三十年前後のことらしい。

雄鶏社がつぶれかけて、従業員が喫茶店で対策を協議した話が「卵とわたし」にある。昭和三十二年ごろである。

有楽町の「ブリッジ」という喫茶店のことが「ねずみ花火」にある。同三十五年ごろである。

これらはみな、ごく小さな挿話である。

かなり重い、深刻な話が二つある。『父の詫び状』全体のなかでも、重い深刻な話というのはこの二つだけである。それはそのはずで、銀座商店街の宣伝パンフにのるかるいよみものであり、そのテーマは、はじめのうちは「食べものの思い出」、途中からは「昭和十年代のサラリーマン家庭」なのであるから、そう重い深刻な話が出てくるようなものではないのである。

まず、時期的にはあとになるものをさきに見よう。「隣りの匂い」の一部である。

〈二十代の終りから、ぽつぽつとラジオやテレビの仕事をするようになっていたが、家を出て別に住むようになったのは三十を過ぎてからである。

些細なことから父といい争い、

「出てゆけ」「出てゆきます」

ということになったのである。

正直いって、このひとことを待っていた気持もあって、いつもならあっさり謝るのだが、この夜、私はあとへ引かなかった。次の日一日でアパートを探し、猫一匹だけを連れて移ったのだが、ちょうど東京オリンピックの初日で、明治通りの横丁から開会式を眺めた。細い路地だが、目の下に、まるで嘘のように会場が見える。聖火を持った選手が、高い階段をかけ上るのを、高揚したような、ヒリヒリしたような気持で眺めていた。

父は、二、三日口を利かず、

「邦子は本当に出てゆくのか」

とだけ母にたずねたという。〉

これは時期がはっきりしている。東京オリンピックの昭和三十九年、向田邦子は満三十四歳である。

これは無論、この一篇の主要な話題ではない。「隣りの匂い」は、こどものころから現在にいたるまでの「お隣りさん」を書いたものである。中目黒の文化住宅にいたころ隣家で妻殺しの事件があった。高松では隣りが海軍人事部であった。そのあと、霞町のアパートの隣家が悪徳政治家のめかけの家だった話がある。なぜ霞町のアパートにいたのかの説明で、父とあらそって家を出、「生れて初めてのひとり暮し」をはじめたことが出てくるのである。

戦後の東京で、三十代のなかばにもなり、健康で収入のある女が、親の家を離れて一人で生活するのはめずらしくもないことだが、向田家では、親にとってもむすめにとっても、これはなかなかの大事件だったのだろう。

「正直いって、このひとことを待っていた」とある。弟の保雄さんは、「父が察してきっかけを作ってやった、というほうが、当っている」と書いている。その通りなのだろう。単に出してやるだけでなく、恩きせがましくない（できれば自分が悪者になるような）形作りまで考える繊細な父親だったのである。

この二年前、昭和三十七年に、向田邦子は雑誌『中央公論』に「精神的別居」と題する短い随筆を書いている。

〈映画雑誌屋から放送ライターに横すべりした頃から、私は家族と一緒の生活が妙に息苦しくなってきた。〉

〈たまりかねて、アパートへ移りたいと申し出たら、これは、一言のもとに反対された。「女のひとり暮しはロクなことがない」というのである。〉

〈しかたがないので目下、家族とは精神的別居という手段をとっている。〉

とある。

無名の放送ライターが『中央公論』という一流雑誌に本名で文章を書くことができたのは、森繁久彌の紹介によるらしい。この千載一遇の機会に「精神的別居」というテーマをえらんだのは、家族といっしょに住むことをよほど不自由とも窮屈とも感じていたからであろう。

なお右に引いたところに「映画雑誌屋から放送ライターに横すべり」とある。実際には、横すべりではなく、昭和三十二年ごろから、『映画ストーリー』につとめながら、放送ライターもやり、さらに三十五年ごろからは複数の週刊雑誌にかかわって、いくつもの筆名を使って記事を書くという、二足のワラジどころか三足も四足ものワラジをはいていたらしい。だから文章は大量に書いていたのだが、本名を出して書いたのはこの『中央公論』が二つめであった。

一つめは、この前年、昭和三十六年に、文化実業社の雑誌『新婦人』に、四月号から八月号まで五か月連載した「映画と生活」という記事である。文化実業社というのがどういう出版社なのかわたしは知らない。『新婦人』は、向田邦子の文章から推測するに、若い娘むけの雑誌であるようだ。この「映画と生活」は、欧米の映画を見て種々のこと（おしゃれとか男女交際法とか）をおぼえて実際に生かそうというものらしい。当時の西洋映画や俳優の名前を知らない者には何のことともわからぬところが多いが、三十いくつのおばさんがはたちになるやならずの娘たちに何やかやと教えさとす、といった口吻はうかがわれる。文章はたとえば、

〈これにひきかえ、プレールのアクセサリイに対する心くばりは、まさに技巧の極致。ゴージャスな三種類のネックレスをかけ、その複雑なハーモニーをアクセントにしたり、うずらの卵より大きなトパーズの指輪を輝かせたり――。髪型もセバーグは例のボーイッシュなカットでまだ幼なさの残る首すじの美しさをみせ、プレールは大まかに波うった髪で〝大人〟のムードをかもし出していました。〉

といったふうなもの。主要部分はたいがいカタカナである。昭和の三十年代に、日本の一部ではもうこんな文章が書かれはじめていたらしい。もちろんこれは、生れてはじめて本名で発表する

文章だから、相当気をつけて書いたのだろうが、こういう調子のもっとずっとあらっぽいのを、当時の向田邦子は書きとばしていたのだろう。

『銀座百点』連載第六回、昭和五十一年十二月号掲載の「チーコとグランデ」にこうある。

〈街にジングル・ベルのメロディが流れ、洋菓子屋のガラス戸に、

「クリスマス・ケーキの注文承ります」

の紙が貼られると、ふっと十七、八年前のあの晩のことを思い出してしまう。

私は小さなクリスマス・ケーキを抱えて、渋谷駅から井の頭線に乗っていた。

あの頃のクリスマス・イヴは、いささか気違いじみていた。三角帽子をかぶって肩を組んだ酔っぱらいと、クリスマス・ケーキを抱えて家路へ急ぐ人の群で銀座通りがごった返した時期である。クリスマス・ケーキと鶏の丸焼を買わないと肩身の狭いような雰囲気があった。

当時私は日本橋の出版社に勤めていた。

会社は潰れかけていたし、一身上にも心の晴れないことがあった。家の中にも小さなごたごたがあり、夜道を帰ると我が家の門灯だけが暗くくすんで見えた。私は、玄関の前で呼吸を整え、大きな声で「只今！」と威勢よく格子戸をあけたりしていた。

それにしても私のケーキは小さかった。〉

これは多分、昭和三十四年のクリスマスイヴであろう。

「会社は潰れかけていたし」を重く見れば三十二年の暮になる。『雄鶏社40年のあゆみ』によれ

ば「雄鶏社は重大な経営危機に直面した」というのが三十二年の七月であり、その後人員をへらし総員三十六名（うち編集十八名）とスリムになって、三十三年にはイルゼ・ブラッシュ『刺繍』その他の好調で立ちなおっている。

「あの頃のクリスマス・イヴは、いささか気違いじみていた」を重く見ればもうすこしあとになるだろう。昭和三十年から三十二年にかけてがいわゆる「神武景気」、三十二年のなかばから三十三年いっぱいが「なべ底不況」、三十四年から「岩戸景気」がはじまって、クリスマスイヴが気ちがいじみてきたのはこの年あたりからであったと記憶する。ついクリスマスケーキを買わないまま渋谷駅まで帰ってきてしまった人のために、井の頭線の改札口の手前で、東横デパートの包装紙でくるんだクリスマスケーキを山のようにつみあげて売っていた。

向田邦子は三十五年のクリスマス前日に雄鶏社を退職している。「当時私は日本橋の出版社に勤めていた」とあるのだから退職当日のことではない。してみるとその前年、三十四年のクリスマスイヴであろう。向田邦子はついひとつき前に満三十歳になったばかりである。そしてこの「チーコとグランデ」を書いた昭和五十一年のクリスマスには満四十七歳、十七年前であるから「十七、八年前のあの晩」で勘定はあう。

彼女は「銀座の一流の店」で買った小さなクリスマスケーキの箱をかかえて電車に乗り、座席でうたた寝した。いつもどおり下車駅（久我山）の手前で目がさめた。車内はガランとして二三人の酔っぱらいが寝こんでいるだけである。目の前の棚に、乗客がおきわすれて行った大きなクリスマスケーキの箱があった。自分の持っているのと同じ店のもので、大きさは五倍ほどある。

とりかえようかと思ったがそれは一瞬で、電車は駅につき、彼女は自分の小さなケーキを手におりた。

〈発車の笛が鳴って、大きなクリスマス・ケーキをのせた黒い電車は、四角い光の箱になってカーブを描いて三鷹台の方へ遠ざかってゆく。私は人気《ひとけ》のない暗いホームに立って見送りながら、声を立てて笑ってしまった。

サンタ・クロースだかキリスト様だか知らないが、神様も味なことをなさる。仕事も恋も家庭も、どれを取っても八方塞《ふさ》がりのオールドミスの、小さいクリスマス・ケーキを哀れんで、ちょっとした余興をしてみせて下すったのかも知れない。

ビールの酔いも手伝って、私は笑いながら、

「メリイ・クリスマス」

といってみた。不意に涙が溢れた。〉

めずらしい内容である。「チーコとグランデ」は連載第六回である。まだ食べものにかかわる思い出を書いていた時期だが、このころには、食べものにからめてこうした痛切なことも時には書くつもりでいたのかもしれない。

さきに「会社は潰れかけていたし、一身上にも心の晴れないことがあった。家の中にも小さなごたごたがあり」とあり、あとには「仕事も恋も家庭も、どれを取っても八方塞《ふさ》がりのオールドミス」とあってこれが呼応している。会社が潰れかけていたのが「仕事」であり、一身上心のはれないことが「恋」であり、家の中の小さなごたごたが「家庭」である。その「恋」がどのよう

なものであったか、家のなかのごたごたというのがなんであったのか、それは無論われわれにはわからない。

自分のクリスマスケーキよりもはるかに大きなのが網棚におきわすれられてあるのを見つけ、一瞬とりかえようかと思ったが、もとより実際にそんなことのできるはずもなく、そのまま電車をおりた、ということは、たしかにあったのである。

それがどの年のことであったか、上述のごとく実ははっきりしない。それは多分会社が潰れかけていた時期とおなじではないだろうし、あるいはもしかしたら、クリスマスイヴが気ちがいじみてきた時期でなかったかもしれない。

しかしこれはかならずしも、向田邦子が意図的にフィクションをかまえているのではなかろう。そのころの、つまり三十歳前後のころの自分が「仕事も恋も家庭も八方塞《ふさ》がりのオールドミス」としてはっきり記憶のなかに位置をしめているということである。

クリスマスケーキの箱も象徴的な意味を持たされている。それは、ごく俗な言いかたをすれば、「女のしあわせ」というようなものである。自分がえらんだのは、自分の性格にあった生きかたをする、という「しあわせ」である。しかしそのしあわせは、どうも小さい。世間ひとなみの常識にしたがい親やきょうだいの期待にもそったごくありきたりのしあわせのほうが、どうも大きいらしい。その大きいしあわせのほうに乗りかえるチャンスは、なくはなかったのである。しかし結局それは、四角い光の箱になって遠ざかって行った。

これが三十歳前後、昭和三十年代前半ごろの向田邦子の姿である。

なぜ彼女は、小さなクリスマスケーキの箱を手に暗いホームに立ち、光の箱がカーブを描いて遠ざかってゆくのを見送っているのか。

その由来は、これまで見てきたように『父の詫び状』には見あたらない。それはしかたがない。これは「昭和十年代のメルヘン」なのであるから。メルヘンに、仕事も家庭も恋も八方ふさがりのオールドミスなんぞは場ちがいである。

二　女のしあわせ

昭和五十一年のはじめからはじまった『銀座百点』連載の評判がよかったせいであろう、この年のなかばごろから、随筆の注文がふえている。向田邦子は原稿の注文をことわることのない人であったらしい。ことわるのは心ぐるしい。ひきうけるほうがラクである。そのかわり、数が多くなると粗製濫造気味になるのはやむを得ない。

もっとも、これ以前にも向田邦子は、時々注文をうけて随筆を書いている。最初が昭和三十六年『新婦人』に書いた「映画と生活」、二つめが翌三十七年『中央公論』に書いた「精神的別居」であったことはさきに言った。三十八年、三十九年はない。この間三十九年に父母の家を出て独立した。

同四十年『銀座百点』に「水着のはなし」（のち単行本『眠る盃』におさめる際「青い水たまり」と改題）を書いている。これは「精神的別居」にくらべるとずいぶんうまくなっている。もとの題のほうが内容に即している。水着に関する思い出を三つならべたものである。第一が女学校のころ、二つめが就職してから、三つめが小学校三年生の時である。こういうふうに何らかのテーマ（あるいはつながり）でばらばらの話をならべる向田邦子得意のパターンの最初のものがこれである。

四十一年、四十二年はなくて、四十三年に一本、資生堂のPR誌に「男の告白」、四十四年に二本、『銀座百点』に「父の風船」と女子栄養大学の雑誌に「板前志願」、この年の十一月に満四十歳になった。

四十五年はなく、四十六年に一本、『婦人公論』に「ライター泣かせ」。

昭和四十七年、三本。ただしそう多くはない。

以後は毎年ある。いずれも外国旅行のこと。前年南米その他へ、この年アフリカへあそびに行った。

同四十八年、二本。いずれも飼猫のこと。

四十九年、三本。いずれもテレビドラマのこと。

五十年、五本。内容は、テレビ関係が二つ。あとは、ことばづかいに関する短いもの一つ、こどものころに飲んだものの思い出一つ、雄鶏社に転職したばかりのころ久我山で痴漢におそわれた話一つである。かなりバラエティがある。しかし一年間に五本であるから、散発的である。

『銀座百点』連載開始以前に向田邦子の書いた随筆は、「水着のはなし」までの三つはごく偶発的であるからのぞき、やや連続的に書きはじめた四十三年からかぞえたとしても、五十年までの八年間に十七本である。

昭和五十一年は、この一年だけで、『銀座百点』の六本をふくめて四十六本ある。それも年の後半にかたまっている。テレビドラマの台本作家としてはまえから売れっ子だったらしいが、この昭和五十一年のなかばごろから、随筆のほうでもたいへんな売れっ子になったことがわかる。

つぎの昭和五十二年は三十二本、五十三年もおなじくらいある。

これらのなかで注目すべきものを見ておこう。

まず『PHP』五十一年夏季増刊号に発表した「手袋をさがす」。

『PHP』は京都のPHP研究所が出している雑誌で、月刊誌のほか定期的に増刊号を出していたらしい。この夏季増刊号は第二十九号とある。月刊誌のほうには、昭和五十年の八月号に「ことばのお洒落」、五十一年の五月号に「言葉は怖ろしい」を書いているが、いずれもごく短いものである。「手袋をさがす」は長い。約一万字、二十五枚ある。向田邦子の書いた随筆のなかで多分一番長い。長いだけでなく重要である。

向田邦子が、その一部でチラッと本音を語っている随筆は数多い。しかし、はじめからしまいまで、まじめに、自分のほんとうのところを語った随筆はいくつもない。これは当然で、よみもの雑誌の随筆欄というのはそういう性格のものではない。注文する編集者も、かりに「内容は何でもけっこうです」と言ったとしても、まじめな人生論や身もフタもない告白などは予想していない。向田邦子にそういう随筆があるのは、彼女が著名人だからであろう。無名人の真剣な内面告白なんぞに興味を持つ者はまずないが、著名人ならば興味がある。

それに、向田邦子とおなじような道をあるきたいとかんがえる若い女が数多くいた。それは向田邦子にとって心強いことであったが、それがファッションのようになると、不快の念もあった。

これはさびしい道なのだから、そうかるはずみにとびついてはいけない、とたしなめておきたい気持もあった。

〈二十二歳の時だったと思いますが、私はひと冬を手袋なしですごしたことがあります。〉と、「手袋をさがす」ははじまっている。昭和二十六年の暮から二十七年のはじめにかけての冬である。四谷の財政文化社につとめていた。

そのころは、たいがいの人が冬になると、ぼってりとおもたいオーバーを着て、帽子をかぶって手袋をはめていた。五十年前の日本はいまより寒かった。――五十年やそこらでそんなに大きな気候の変動があるはずがないが、向田邦子もこの随筆のはじめに「あの頃は、今よりもずっと寒かったような気がします」と書いているし、多くの人が「むかしはいまより寒かった」と言う。これは実感である。どこにも暖房がなかったし、ろくなものを食ってないから体内のエネルギーもとぼしかったのだろう。

当時、ひと冬を手袋なしですごすのは、かなり異常なことだったのである。いまは手袋なしで冬をすごす人なんかいくらでもいるから、「それがどうした」と言われかねない。だから向田邦子もはじめに、「あの頃は今よりもずっと寒かった」「栄養状態も悪かった」「駅も乗物もひどい寒さだった」「人はみな厚着をした上に分厚いオーバーを着こみ、手袋をはめていた」と、状況説明に大わらわである。

なぜ手袋なしで一冬をすごしたのかといえば「気に入ったのが見つからなかったためでした」というのだから、ほんとだとすればよほどかわっている。手袋というのは見つけるものではなく、若い女だったら自分で気に入ったがらのを編んだものだろうと思う。もっとも東京ではすでにそのころ、デパートの手袋売場に外国製の皮の手袋がいろいろならんでいたのかもしれない。しかしそうだとしても、まずは防寒具なのであるから、とにかく何かはめてないとシモヤケになったりアカギレになったりする。向田邦子は「手袋のない私の手はカサカサに乾き、いつも冷たくかじかんでいました」と書いているが、それくらいですんでよかった。炊事をしなかったせいだろう。——なおつぎの冬には気に入ったのが見つかったらしい。「わが拾遺集」に「日本橋の出版社へ勤めてすぐ」つまり昭和二十七年から二十八年にかけての冬のこととして、かなり高価だった黒皮の手袋の片方を国電の中で落した、とある。それとおなじものを入社試験の会場で拾ったというから、おしゃれな娘は黒皮の手袋をはめたものらしい。田舎者には進駐軍相手の女の風俗のような感じがする。

手袋のことを最初に持ち出したのはうまい。晩年の著名人向田邦子ならばともかくも、昭和二十六年ごろ、四谷の小さな会社につとめる小娘がどんな手袋をしているか、注目する人のあるはずがない。何もはめてなければ「お金がない、惨めなことのサンプル」だから人目をひく。何かはめていれば人前もすむしつめたくもなくてすむ。それをしないのは、まったく当人の、気に入る気に入らぬの問題である。いまなら「個性重視」とか何とかリクツをつけられるかもしれないが、当時はただの強情娘である。

これは結婚もそうである。亭主と名のつく者を持っていれば人前がすむ。正常な人間の仲間に入れてもらえる。ある程度以上の年齢の女が、気に入ったのが見つからない、と一人でいれば変

な目で見られるし、当人だけでなく親も肩身がせまい。三十以上の独身女がいくらでもいる今とはようすがちがう。会社の上司が、

「君のいまやっていることは、ひょっとしたら手袋だけの問題ではないかも知れないねえ」

「男ならいい。だが女はいけない。そんなことでは女の幸せを取り逃がすよ」

「今のうちに直さないと、一生後悔するんじゃないのかな」

と忠告したのはもっともであった。

この上司は、残業を命じて二人だけになり、自腹を切って五目そばを二つ取り、少し離れた自分の席で湯気の立つおそばをすすりこみながらそう言った、とある。

こういうところがうまい。ただ、上司に右のごとく言われた、では抽象的だが、こう書くとその場面が読者の目に見える。こういう呼吸はドラマを書いているうちに身につけたのだろう。何ごとも画面として描写する。

もう一つ。実際には、複数の人（家族もふくめて）が、この小娘の我の強さがあらわれたおりにふれて、断片的にあるいは遠まわしに言ったことを、手袋の件に集中しこの上司の一夜一回の発言に集中したのかもしれない。それもドラマの技法であろう。

その夜、自分の気持に納得がゆく答が出るまで自分のうちにむかってどこまでも歩いてみようときめ、結局渋谷まで歩いて井の頭線に乗って帰った。その、四谷から渋谷までのあいだに考え、決意したことを書いてある。これこそは集中であろう。実際には、ここに書いてあることは、この前後の時期、おそらくは何年にもわたってあれこれと考えたことであろう。勤めをやめるとか

縁談をことわるとかの行為そのものは短い時間でおこなわれるが、考えはゆきつもどりつするものので、そう一時間や二時間で直線的にはゆかない。

当時の自分の情況は、世間一般の目から見て、不足のあるものではなかった——と向田邦子は書いている。勤め先は社員十人ほどの小さな会社であったが、カメラマン、画家、音楽家もいて、学校ではまなべなかったものをあたえてくれた。社長夫妻もかわいがってくれた。自分は若くて健康であり、親兄弟にもめぐまれ、暮しにことかいたことはない。つきあっていた男の友だちもあり、いくつかの縁談もあった。いずれもりっぱな人たちであった。不平不満を言わねばならぬことは何もない。

〈にもかかわらず、私は毎日が本当にたのしくありませんでした。

私は何をしたいのか。

私は何に向いているのか。〉

ここに書いてあるのは、昭和二十六年の暮か二十七年はじめの冬の夜に、四谷から渋谷まであるいた道すじ自分の頭にうずまいていたことに、二十五年後の自分がかたちをあたえ、解釈しているのであるが、彼女はまず自分に「高のぞみ」の傾向があった、と言っている。

「私は子供の頃から、ぜいたくで虚栄心が強い子供でした。いいもの好きで、ないものねだりのところもありました。ほどほどで満足するということがなく（…）玩具でもセーターでも、数は少なくてもいいから、いいものをとねだって、子供のくせに生意気をいう、と大人たちのひんしゅくを買ったのも憶えています」と。

もう一つ、「私は極めて現実的な欲望の強い人間です」と言っている。

「いいものを着たい、おいしいものを食べたい。いい絵が欲しい。黒い猫が欲しいとなったら、どうしても欲しいのです。それが手に入るまで不平不満を鳴らしつづけるのです」と。

二十五年後の向田邦子は、この「高のぞみ」と「現実的な欲望」とが、当時の自分の、毎日がたのしくなかった、いらだっていたことの原因だと考えている、あるいは読者にそう信じさせようとしているのだが、多分この二つは、当時の彼女のいらだちとは関係がないだろう。

まず当時の向田邦子が、そんなに人なみはずれて現実的欲望が強烈でなにごとにも高のぞみする娘であったかどうかが疑問だが、かりにそうであったとしても、それは、この「手袋をさがす」全体が言っていることと方向がちがう。

若い娘の「高のぞみ」と言えばまず、現在の男ともだちや縁談相手では物足らず、もっといい男（もっと家柄のいい、学歴のいい、収入のいい、等々）と結婚したい、というのが主要だろうが、それならばそういう男があらわれるのを待つか、積極的にさがすかすればよいのであって、「私は何をしたいのか」「何に向いているのか」とは関係がない。彼女は「もっと自分にふさわしい男」を求めていらだっているのではなく、それがどんなに条件のいい男であろうと、とにかくここで結婚して、ふつうの「女の幸せ」の世界にはいってしまうのが不満なのであるから。

「いいものが着たい、おいしいものが食べたい」のほうはいっそう関係がない。現在の縁談のなかから最も収入のいい男を選んで結婚すればそれくらいのことは簡単にかなえられるだろうし、あるいは給料があがるのを待っても、もっとみいりのいい職場に転じてもよい。

向田邦子のいらだちは何もそう特殊なものではなく、多くの男女が二十代のころに経験するものである。それも、向田邦子のごとく頭がよくて自負心のある男女のみがそうなのではない。

むかし、わたしの親戚で、村の雑貨屋のむすこにうまれてこどものころからその雑貨屋をつぐことが自明であった男が、はたちのころにイヤだと言い出したことがある。村一番の雑貨屋だから将来の地位や収入に不安があるわけではない。高のぞみも現実的欲望も関係がない。大工でも土方でも何でもいい、ほかのところへ行って男になりたい、というのであった。もちろん自分の天分は雑貨屋よりも大工にむいているなどということではない。一種の「血の騒ぎ」とでも言うべきものである。結局その青年は、家出をしてわが家へ来（わたしの父が土建会社につとめていたから、大工でも土方でもいい、と言ったのだろう）、うちの両親がしばらくあずかるむねその父親に知らせた。すぐに父親が四国から下駄ばきで出てきて、玄関口で大声でむすこを呼び、おずおず出てきたのをいきなりぶんなぐって、わたしの両親にちょっと会釈して、そのままつれて帰った。それでおとなしくなったらしく、雑貨屋をついだ。

向田邦子と雑貨屋のむすことではまるでちがう、と思うかもしれないが、世間一般のだれもがあたりまえと思うコースをあゆんできて、これからの先ゆきも具体的に見えてきた時に青年が感じる不満と抵抗、という点ではおなじなのである。

わたしは向田邦子より七学年下だが、学校を出た年齢が二つ上だから、十年ほどのちにおなじ経験をしている。それは、「いま自分はここでこうしているはずではない」という、一種の違和感である。それが若者特有の「血の騒ぎ」となってあらわれるのである。

だれもかれもがそうであるのではない。一部の男女であるが、しかし決して極端にすくない数ではない。わたしの周囲にも何人かいた。

自分はいまここでこうしているはずではない。ではどこで何をしているはずなのであるか。「船に乗っているはずだ」とか「絵をかいているはずだ」とか、はっきりしている者はめったになかった。たいがいは、それがわからない。だからいらだつのである。向田邦子の「私は何をしたいのか。私は何に向いているのか」もそれである。何べんも言うようだが、いま着ている服よりもっと上等の服が着たいとか、おなじ業務でいまいる会社よりもっと給料のいい会社にはいりたかったとかいうのとは別のことである。そういう青年はもちろん数多くいたろうが、それはこの「自分はここにいるはずではない」という血の騒ぎとは別種の不満である。向田邦子の「高のぞみ」と「現実的欲望」とを、くりかえし否定するゆえんである。むしろ、今日の軽薄な流行語をもちいるなら、「夢」とか「ロマン」とかに属する方面のことである。

男女差はほとんどないだろうと思う。ただ、女のほうが世間一般の通念にしたがわざるを得ない（そうしなければ食ってゆくメドが立たない）ばあいが多かったから、女のほうがすくないように見えるのだろうと思う。

「たしかに一種の違和感はある。しかしいまの会社にいて、だんだん地位もあがり収入もふえ、結婚して家庭を持つことを、自分を苦労して育ててくれ学校へあげてくれた父母が信じ、期待しているのだから、それにこたえるのが人の道だ。父母の願いを蹴とばすことはできない」というのが、わたしの知っている範囲では、こういう迷いに立ったばあいに、最もふつうの発想であり、またそれが、分別ある青年のまっとうな考えであった。その分別の圧力は、もちろん男にも強いが、女のほうがさらに強かったであろうと思うのである。

ずっとむかしは、それこそわたしの親戚の男が父親にぶんなぐられてつれもどされたように、無分別はほとんど許されなかった。それでもあえてする者があれば、そのめずらしさゆえに、そのこと自体がメシのたねになるくらいであった。たとえば種田山頭火のごとく。

高度成長以後、ことに向田邦子が「手袋をさがす」を書いた昭和五十年代ともなれば、それはいっこうめずらしいことではなくなった。それは、こどもが無分別をしても親が生活に困ることはない、こども自身もまさか飢えて死ぬことはないことに加えて、もっと重要なのは、世間の目の圧力が従前にくらべると極端に弱くなったからだろう。むすこがつとめていたカタい会社をやめて屋台店をはじめても、三十をすぎたむすめが嫁に行かないで会社づとめをしていても、親が世間さまの前で顔をあげられないということはなくなった。そういうことが「無分別」ではなくなった。そもそも「分別」とか「無分別」とかいうこと自体がなくなった。

してみると、向田邦子やわたしが経験した昭和二十年代の後半から三十年代にかけてというのは、無分別は依然として無分別であるが、世にまったくないことではなく、しかし当人にとっては非常な緊張をしいられることであった、そういう時期なのであった。わたしはいまでも、夢のなかで、あのころの不安、動揺、錯乱、恐怖におそわれることがある。しかしそのころの自分の心中に去来したことを筋道たてて書こうとすると、かならずどこかにウソが生じる。いや全体がウソっぽくなる。

ただ、これだけはたしかに言えるのは、住むのは生涯三畳一間でいい、結婚できなくてもかまわない、と、これはずっとそう考えていたことである。まして食うものや着るもののことなどはまったく念頭になかった。高収入や地位がほしかったのでは断じてない。そういうものであれば、現在いるところにおとなしくじっとしていれば確実に手に入るはずだった。これは、わたしのみではない、あの時期に、異常な緊張のなかで錯乱的に無分別をしてしまった人たち（おそらく今も、日本のあちこちに、悔恨しながら生きているであろうすくなからぬ人たち）の名誉のために言っておきたい。われわれは決して、「現実的欲望」や「高のぞみ」のために無分別をしたのではなかった。もっと純であった。向田邦子も無論そうである。それを、二十五年後の向田邦子が、現実的欲望や高のぞみのせいにするのは(筋道だった説明に窮したゆえにもせよ)、あまりに見当ちがいである。

それではなぜ向田邦子は、「現実的欲望」「高のぞみ」などと見当ちがいのことを言ったのか。この「手袋をさがす」のなかで向田邦子は自分のことを「十人並みの容貌と才能」と言い、また「貧しい才能のひけ目」と言っている。これははっきりウソである。向田邦子は、自分に関して、そんなことはこれっぱかしも思ったことはなかろう。

彼女は、「自分には才能がある」と思っていた。平凡な家庭主婦になるのは宝のもちぐされである。どこかに自分の才能を発揮する場があるはずだ。——この考えが一貫して彼女のなかにあった。だから岐路に立って懊悩したのである。しかし雑誌に発表する文章のなかで、「自分にはたしかに他の女にはないすぐれた才能がある。それを生かす場をさがしあてたかった」とは言いにくい。それで、自分は現実的欲望が強く、高のぞみの傾向がある、つまり、才能もないのに高いところばかりを見たがるわるい性癖がある、という言いかたをしたのである。

「私は何をしたいのか。私は何に向いているのか。なにをどうしたらいいのか、どうしたらさしあたって不満は消えるのか、それさえもはっきりしないままに、ただ漠然と、今のままではいやだ、何かしっくりしない……」はほんとうである。ではあるが、こうスッキリと言ってしまうとまたウソっぽくなる。

「どうしたらさしあたって不満は消えるのか」。

しかしこれは、「さしあたって」ではなく、これからさきずっとのことなのである。東京の住宅地の上品で趣味のいい家庭主婦、地位もあり収入もあってものわかりのよい夫、かわいいこどもたち、庭と花、風にひるがえる洗濯物……とそういうものがありありと見えるところまでもう来ていて、それはいやだ、と血が騒いでいるのである。さしあたってどうかしたらさしあたっての不満がどうかなるのではなく、このまま行くか、道のそとへとび出すかの、決断がせまっているのだ。

「それはいやだ」と右に言った。しかしこれは、百パーセントいやだというのではない。そういうふつうの幸せに十分ひかれてもいるし、それが人間のまっとうなありかただとも思っているのである。では何がいやなのかというと、だれもがすることをするのはいやだ、ありきたりはいやだ、というのである。自分を世間一般の通念から異化したい。これも若者の血の騒ぎに共通するところだ。

もう一つ。私は何をしたいのか。何に向いているのか。それがわからないのだ、と向田邦子も書いているし、わたしもそう書いた。その通りにちがいないのだが、そう言ってしまうとまたウソがまじる感じになる。まるっきり見当がないのではなく、ぼんやりとながら方向はあるのである。手がとどくかとどかないかは別として。

向田邦子のばあいは、いわゆる「文化的」なしごとをしたい、「文化的」な世界の一員になりたい、ということであったようだ。ただし絵画とか音楽とか舞踏あるいは演劇などではなくて、書物、雑誌、文章、文芸……、つまりは活字にかかわる世界にぼんやりとあこがれていた、あるいは、自分はその方面にむいていそうだ、ということであった。ラジオ、テレビはこの段階では念頭にない。だいいちテレビ放送はまだなかった。

これはごく平凡である。昭和三十年前後の日本では一番ありきたりの発想であった。最も夢的でもある。絵画や音楽は才能の有無がハッキリしているしまたモノを言うが、活字の方面はそれが茫漠としている。だれもが、自分もやれそうだと思える方面である。

この晩、自分を矯めるのをやめよう、と決意したと向田邦子は書いている。木の枝でさえ、無理して矯めても、しばらくたつともとにもどっている。「よしんば、その枝ぶりが、あまり上等の美しい枝ぶりといえなくとも、人はその枝ぶりを活かして、それなりに生きてゆくほうが本当なのではないか、と思ったのです」と。

これもずいぶんスッキリと説明されている。ずっとのちに「自己実現」などということばができ、はやって、そこから二十五年前の自分をふりかえってみるとそういうことになる、それをまた四谷から渋谷まであるいたあの晩に集中したということである。むしろこれは、その晩に考えたこというより、以後これまで自分を矯めることなくやってきました、という、現在の向田邦子の総括であろう。

「その翌朝から、新聞の就職欄に目を通しました。そして朝日新聞の女子求人欄の「編集部員求ム」の広告に応募してパスしました」とある。

その求人広告は朝日新聞の昭和二十七年五月三十日朝刊第四面に出たもので、左のごとくである（改行および行あけは一空格をもってかえる。なおこの求人広告も、松田良一『向田邦子　心の風景』からひかせていただいた）。

〈女子編集部員募集　☆旧制専門・新制高校卒業　☆年齢二十五歳以下　活動的で近代的な教養ある方　☆最近撮影の写真と履歴書を六月五日までに送附のこと　☆面会日通知します　中央区日本橋江戸橋一ノ七　雄鶏社〉

非常に興味ぶかい。教育映画をつくる会社と本を出す会社とで大きなちがいはなさそうだが、さきに言ったように向田邦子には活字の世界に対するあこがれがあったであろうし、それに財政文化社では名は社長秘書と言い条要するに事務員、対してこちらの「女子編集部員」には新鮮な魅力があったであろう。昭和二十七年当時「旧制専門・新制高校卒業」が女子の最高の学歴だったらしいのもおもしろい。高女卒ではだめなのである。実は旧制高女卒と新制高校卒とはわずかに一年の差があるにすぎない、つまりほとんど同じなのだが、面接を受ける資格さえあたえられていない。なおこのころには旧制女専がぞくぞく女子大学に昇格しており、両三年後には女子大卒がどっと世に出てくる。

雄鶏社の女子編集部員募集には五百人ほどの応募者がありその半分くらいが入社試験を受けたらしい。書類でおとされた者があったのだろう。三名が合格し、そのなかでも向田邦子は一番であった。試験問題は実物がのこっていて『向田邦子ふたたび』(文藝春秋増刊、のち文春文庫)に写真が出ている。

〈1．スタイル写真二枚一組に題名をつけて一五〇字以内で解説せよ。

2．最近見た映画のストーリー及び感想を三〇〇字以内でまとめて書け。〉

この二問は別紙に書く。

〈3．必要な処に丸をつける〉

は四問あり、その第一を例にあげると「エヴァー・グレースは」のあとに選択肢が四つあって「今年流行の生地」が正解。「4．左について簡単に説明せよ」は「ヘレン・トロウベル」「JOQR」「クリスチャン・ディオール」「モイラ・シャーラー」「エンパイヤ調」と五問ある。この問題4は向田邦子の答を見ることができる。文字も文章もりっぱなおとなで、いまなら四十代くらいの女の書いたものと判定されるだろう。問題1と2は別紙ゆえ答を見ることができないが、向田邦子一人にだけAに二重丸がついたとのこと。いかにずばぬけた出来であったかがわかる。問題2は『巴里のアメリカ人』について書いたそうである。

向田邦子は創刊まもない洋画専門雑誌『映画ストーリー』に配属された。

入社試験がいつおこなわれたのかははっきりしないが、書類受付締切が六月五日だから、六月中であろう。合格者には電報で通知し、向田邦子はその翌日から出社したという。それが七月はじめごろであろうか。七月中に第二号（九月号）が出、向田邦子は「新しく編集部のスタッフに加わりました。どうぞよろしく」と編集後記に書いている。

向田邦子は雄鶏社がどういう本を出している出版社であるかあまり知らず、『映画ストーリー』という雑誌を出していることも知らなかったらしい。『映画ストーリー』は六月に創刊号（八月号）を出したばかりだから無理もないことであったろう。

創刊号の編集部は実質二人だけで、第二号から向田邦子が加わって三人になった。小さな編集部である。

『映画ストーリー』について、雄鶏社の社史『雄鶏社40年のあゆみ』昭和二十七年の項には、「また、映画を読んで楽しむという、新しいジャーナリズムを目指して、月刊誌『映画ストーリー」を8月に創刊した。前年からの総天然色映画時代に呼応して、多くの読者を集め、三大映画雑誌の一つに数えられたが」云々とある。洋画のすじがきを紹介することを主とした雑誌だったようである。

当時雄鶏社は、手芸、編物、スタイルブック、料理などの、女性むけ実用書を主力とする出版社であった。それがこのたび映画雑誌の分野にも打って出たのであり、その新雑誌に向田邦子を配属したのは、センス抜群のトップ合格者に対する、会社の期待の大きさを物語るものであっただろう。

映画雑誌をつくるしごとはおもしろかったが、だんだんそれだけではものたりなくなってきた。さいわいに、つぎからつぎへと向田邦子の才能を生かし、また彼女の興味を満足させるにたるしごとがあらわれてきた。これは、日本のマス・コミュニケイション機関が膨脹する時期にちょうどあたっていたからだろう。

「手袋をさがす」ではふれていないが、昭和二十九年ごろから、ペンネームを使って雑誌のライターの内職をはじめた。同三十三年から翌年にかけて、「Zプロ」というテレビ作家グループに加わって、いくつかテレビドラマの台本を書いたことがある。これは松竹の試写室などでよく会っていた毎日新聞の今戸公徳という人に誘われてのことであった。もっともテレビドラマの台本書きはその後ずっととだえて、再開するのは五年後である。

「手袋をさがす」には、映画雑誌の編集のことのあと、

〈ふとしたことがきっかけでラジオのディスク・ジョッキーの原稿を書く仕事をはじめたのも二十代の終りでした。〉

とある。これは昭和三十四年の秋、言うとおり二十代もぎりぎりおしまいのころである。これも右に出てきた毎日の今戸公徳の紹介で、毎日広告社が制作していたディスクジョッキーの台本を書くチームに参加した。森繁久彌の「奥様お手はそのまま」という番組の台本を数人が交替で書いたとのことである。右につづいて、

〈今まで活字の世界にいて、音楽は趣味だったのですが、この二つが一つになって、活字が

音になって自由に飛びはねる面白さに三年ばかりは、ほかにわき見もしないで、一生懸命にやりました。この仕事にも馴れ、一回五分という制約に少し物足りなくて、いつもの癖の不満と高のぞみがそろそろ頭をもたげかける頃、週刊誌のルポライターの仕事がとびこんできました。〉

とある。この週刊誌は、主として『週刊平凡』、それにもう一つ『週刊コウロン』であったらしい。女性ばかりのフリーライターの団体「ガリーナクラブ」というのがあって、昭和三十五年五月にこれに加わって週刊誌の記事を書きはじめた。ラジオのディスクジョッキーの台本を書きはじめて一年もたたないころであるから、「三年ばかりは、ほかにわき見もしないで」というのはかならずしもただしくないわけである。

こうして見ると、向田邦子が書いていたものはそのほとんどが書き捨てである。彼女の文章は、ことばの選択に強く好みがあらわれ、神経のゆきとどいたところもあるが、また一面いたって粗雑なところがある。その習性は長いあいだ書き捨ての文章を書いたゆえであったろうと思う。

ラジオや週刊誌のしごとは出版社の給料に数倍する十分な収入をもたらしたので、昭和三十五年の十二月、満三十一歳の時に雄鶏社をやめた。昭和三十七年三月から「森繁の重役読本」というラジオ番組の台本を書きはじめた。これは昭和四十四年の暮まで八年ちかくつづき、向田邦子は合計二千四百四十八回分の台本を書いたそうである。満三十二歳からちょうど四十歳までの時期である。

「森繁の重役読本」は一回分が半ペラ七枚だそうである。二千四百四十八回は四百字詰になおして八千五百枚ほどの分量になる。『父の詫び状』程度の本の約二十冊分にあたる。

森鷗外は『澀江抽齋』のなかで澀江保が博文館のために百五十冊の本を書いたことについて、「其書は随時世人を啓發した功はあるにしても、概《おほむね》皆時尚を追ふ書估の誅求に應じて筆を走らせたものである。保さんの精力は徒費せられたと謂はざることを得ない」と書いている。「森繁の重役読本」は森繁久彌という稀有の才能を光らせるための番組である。その成功はまったく森繁久彌の絶妙の話術に負うている。台本は一回一回使い捨てられる。うまい焼芋を焼くカンナ屑のごときものでしかない。それは彼女に通常の人の十倍をこえる収入をもたらしはしたけれども、向田邦子の精力は徒費せられたといわざることを得ない。

かくて、

〈あとは、水が納まるところに納まって川になるように（自分ではそんな感じでした）勤めをやめ、ラジオをやめ、自分としては一番面白そうなテレビ・ドラマ一本にしぼって、今七年になります。〉

と、向田邦子は「手袋をさがす」をとじている（あとすこしあるがそれは注文枚数に達しなかったために同じことをくりかえしたのだろう。蛇足である）。向田邦子がこれを書いたのはさきに言ったように昭和五十一年、ここで「今七年になります」と言うのは昭和四十四年いっぱいで「森繁の重役読本」が終ってからの年数である。

三

ああ、もう間に合わない

『銀座百点』の連載が三年めになった昭和五十三年に、『小説現代』に「潰れた鶴」を発表している。これは向田邦子得意の手法で、一つのテーマのもとに自分のこれまでの種々の時期の経験をあつめたものである。その一つのテーマとは、何ごとにも有能で手早くできるので、かえって人におくれをとってしまった、という逆説である。この点から、自分の人生の痛恨の一側面を照らし出している。向田邦子が人におくれをとってしまったのは言うまでもなく結婚である。すべての話はそこにつながっている。

まず小学校一年生の時の話。手工の時間に鶴を折ることを習った。教壇で説明する先生よりも先に折りあげてまわりを見まわすと、できない子がたくさんいる。頼まれもしないのに向う三軒両隣へ出張して折ってまわった。ところが「出来た人は鶴を持って並びなさい」と言われて気がついたら、机の上にのせた自分の鶴がない。

〈鶴は床に落ちていた。

自分で踏んだのか人に踏まれたのか、赤い鶴は無惨に潰《つぶ》されていた。上履《うわばき》の靴底の波型に黒い汚れがつき、いくらふくらませても、もとへ戻らなかった。
みんなは、私が折ってやった鶴を手にして並んでいる。私は泣きそうになるのをこらえて、新しく鶴を折り始めた。出来ていないのは私一人であった。〉

ほんとうにあったことなのだろうが、痛切な話である。「どうもこのあたりから、赤い潰れた鶴は、私のシンボル・マークになった」と向田邦子はわざと軽薄な言いかたをしているが、小学校一年生の時の些細なできごとが全人生の象徴になっているのである。気がついてみたら自分一人がとりのこされていた、という人生であったから、こういう些細なことが思い出され、強く記憶にのこるのだ。とりのこされなかった人だったら、こんなことをいちいちおぼえてはいない。

つづいて、女学校の時のことが二つ。

一つは、体格検査の時、まっさきに裸になって、ぬぐのに手間どっている友だちを手つだってやる。むき出しではきまりがわるいので一度ぬいだ体操着をまた着てやっているとお作法の先生がはいってきて、「何をグズグズしているの。早く脱ぎなさい」としかられた、という話。これは軽い。

もう一つは、終戦直前学校で防空頭巾を縫った時のこと。綿入れにはなれているので一番に入れ終り、「綿入れの上手な人はいいお嫁さんになれるわよ」と先生にほめられた。気をよくしてまわりの者を手つだってやり、さて先生の前でかぶってみると頭のてっぺんがチクリとする。綿のなかに針がまぎれこんだらしいと、

〈私一人がやり直しになってしまった。また、鶴は足許で潰れていたのだ。〉

恥と焦りで顔中に汗をかき、そこに綿ごみがついて、顔はかゆいわ、皆は笑うわで……云々とある。箸がころんでも笑いたい年ごろとは言っても、まさかそんなばあいに皆で笑うほど刻薄ではあるまい、とは思うが——。

〈私が綿入れを手伝ったKは卒業と同時にお嫁にゆき、今は実業家の夫人である。空襲や転居が重なり二十五年も音信不通だったが、近年になって連絡が取れた。いいお嫁さんになれるわよ、といわれながら売れ残った私のために、三十五年ぶりに縁談を持ち込んできたのだから、人生というのは判らない。結構すぎるご縁で、釣り合わぬは不縁のもととご辞退をしたのだが、昔話のついでに、電話口で防空頭巾のことを持ち出してみた。〉

「卒業と同時にお嫁にゆき」というのは、文意から言えば女学校卒業と同時、すなわち昭和二十二年三月である。満十七歳、今で言えば高校二年修了の年で、ということになるが、明治の昔ならばともかくも昭和の十年代二十年代の東京の娘としてはちょっと考えられぬから、いっしょに実践にすすんで（あるいはほかの女専へ行って）そこを卒業すると同時に、ということだろう。昭和二十五年、満二十歳である。「近年になって連絡がとれた」とある。現在が昭和五十三年だから近年は昭和五十年ごろ、女専卒業後二十五年間音信不通で勘定があう。ただし、高女女専いずれであっても、卒業は戦後のことなのだから空襲は関係ない。

「三十五年ぶりに縁談を持ち込んできた」は意味不明である。今回の縁談の際向田邦子は四十七歳前後だから、三十五年前は十二歳くらいの女の子である。そのころに縁談があるはずがない。ではこのKさんと最後に別れてからだとすると、それは二十五年なのである。この「三十五年」は「二十五年」のまちがいかもしれない。あるいは「空襲」とおなじく、例のソコツによる錯覚かもしれない。虚構を弄しているわけではないのだが、こういうまちがいはけっこう多い。だからまた、当人が書いているのだからと、あたまから信じてかかるわけにゆかないのである。

Ｋという友人とは、二十五年ものあいだ音信不通であった。昭和五十年ごろになって連絡がとれた、というのは電話で話をしたのであろう。つもる話のなかで向田邦子は、まだ結婚していない、適当な相手があれば紹介してほしい、とたのんだ。あるいは先方が、もう結婚するつもりはないのか、と問うたのに対して、いやこれからでもよい人があれば結婚したいと思っている、と答えたのかもしれない。そこでＫさんは縁談を持ってきたが、向田邦子のほうが気に入らなくてことわったのである。会ってみるまでもなく、「見そこなわないでちょうだい」というような話だったのかもしれない。「結構すぎるご縁で」という言いかたは、皮肉っぽい、とまでは言わぬまでも、屈折があるようだ。

こういうことを、何万部もあるいはそれ以上も印刷されて日本中にばらまかれる雑誌に書く、ということにおどろく。一度も結婚しなかった女が（男であっても同じだが）、四十代のなかばになって、自身の縁談のことを公開の場であかすなどというのは、ずいぶんはずかしいことなのではなかろうか、と思うゆえである。また、三十年ものちの縁談の話をあとに持ち出さずとも、防空頭巾の思い出話は一応完結している。

並べてある三つの話を見ると、自分は有能でテキパキしており、ぬけめもなかったのに、気がついてみると一人だけとりのこされていた、というのは、最初の鶴の件だけである。体操着などはスポリとぬげばすむことだし、防空頭巾はこの人らしくもなくぬけめがあったのだからしかたがない。

実際のところ、向田邦子ほどの頭もよければ運動神経にもすぐれた人が、一人や二人の特別優秀な友人にひけをとったというならともかくも、全員におくれてたった一人ビリになったというようなことがそうそうあるわけがないので、結婚の件でそれがおこった、そして考えてみると遠く小学校一年生の手工の時間に一度そういうことがあった、ということなのだ。

〈女は、しっかりしている、などと言われないほうがいい。鶴がうまく折れなかったり、綿入れがうまく出来なかったりしてベソをかき、人に手伝ってもらったりするほうが可愛気があって結局は幸せなのではないか。〉

ここで向田邦子は、自分は「幸せ」ではない、と言っているのである。それはだれにもわかる。しかしいったい、向田邦子のどこが幸せでないのか、となると、やはり防空頭巾のことからひっぱって、四十のなかばになって縁談をさがしております、二十五年ものあいだ音信不通だった疎遠な知人にまでお願いしていたらくです、みっともないことです、ということを、それとなく言っておくことは、必要であったらしい。

〈しっかりしていると人に賞められ、うぬぼれてその気になり、何でも早く出来ることを自慢にして、人の世話をやき、気がついたら、肝心の自分の鶴が見当らないのである。

「ああ、どうしよう。もう間に合わない」

という声がどこからか聞えてくる。

上履の靴底の波型の通りに黒く汚れて潰れた赤い鶴がいつも気持の隅にチラチラしている。歳月は女の子を待ってくれない。今からあわてて鶴を折っても、もう間に合わないのである。〉

悲痛である。自分のことを言っているのだが、「うぬぼれて」「自慢にして」など、ほとんど自分を他人視して責めている気分がある。

鶴の話、体格検査の話、防空頭巾の話、いずれも十五歳ごろまでの、学校でのことである。書かれているのはささやかな失敗の記録だが、それらはみな、平生何をやっても同級生たちにすぐれており、手早くりっぱにやれたことが前提になっている。だからこそまれにおくれをとったことが強く記憶にのこるのだ。もとより学校は人の能力のすべてをはかるところではないのだが、当人は他に社会経験のないこどもであるし、おとなたちも学校での出来を重要視するから、こどもは、学校の成績が人の優劣のすべてであるように思う。特に学校での成績のよいこどもは、自分がすぐれた者、選ばれた者だと思いがちだし、なによりも、先頭にいることになれてしまう。だから、学校で成績がよくいつも一番二番であった者が、おとなになって人生がうまくゆかなかった時のみじめさは格別である。

もちろん日本の社会は、学校の成績、それにすぐ接続して入学試験の合否、したがってまた学歴を極度に重視する社会であるから、こどものころに学校の成績のよかった者は、たいてい人生もうまくゆく、つまり「幸せ」になれるのであろうが、なかにはそうでない者もある。

向田邦子はその、「学校では先頭だったのに人生ではおくれをとった者」の敗北感をいだいて生きた、数万、数十万の「もと秀才」たちの一人であり、それを書いた代表選手なのでもあった。

しかしなぜ向田邦子はこんなことを言えたのだろう。

ふつうの四十代後半の女が、「だれかもらってくれる人ないかしら」「ああ、どうしよう。もう間に合わない」などと人に訴えることは、泥酔して前後不覚にでもならないかぎり、あり得ないことである。活字にして天下にさらし後世にのこしたものは、あとにもさきにも向田邦子一人であろう。

ふつうの女がそれを言ってしまっては、おのれをささえているものが崩潰する。向田邦子は、それを言っても大丈夫なだけの、おのれをささえるにたるものを持っていた。それは自負の念である。かずおおくのテレビドラマ台本を書き、随筆を書き、それらがまたかずおおくの人々の歓迎をうけた。文筆家として押しも押されもせぬ地位があり、名声がある。それが「女の幸せ」を保障するものでないことは痛切に知っているが、しかし自分をささえるにはたるものである。

ふつうの女は、ともすればくずれそうになる自分を、弱みを見せない、というつっかえ棒によって外からささえているのだが、向田邦子は、自負の柱があるから、弱みを見せない、というつっかえ棒を時にはずしても崩潰にいたらないのである。「後妻の口に差支えますので」(『無名仮名人名簿』「唯我独尊」)、「思いは千々に乱れて、婚期を逸してしまうのである」(同「白か黒か」)、「子供を持たなかったことを悔やむのは、こういう時である」(『眠る盃』「あ」)といったたぐいのことを、向田邦子は何度も書いている。多くは冗談めかしてあるが、単なる冗談でないことはだれにもわかる。向田邦子自身も、単なる冗談として受けとってもらえるとは思っていない。他のものには容易に言えないこういうことを言えるのは言っても大丈夫だからで、つまりこういうところは、一面ではもとより向田邦子が内にかかえている敗北感やさびしさの露呈であるが、また一面では、彼女の強さを語ってもいるのである。

こどものころに先頭にいた者が人生に落伍したみじめさは格別であるが、そのなかで「自分はみじめだ」と言える者は真にみじめな者ではない、という逆説がここにある。

それともう一つ。

向田邦子が「潰れた鶴」で言っているのは、女は何もかも完璧であっては可愛気がない、まのぬけたところのあるほうが人に愛される、ということである。彼女自身は、もともとまのぬけたところのない女であり、そのうえ若いころは、まちがってもよわい面やまぬけな印象をあたえることは人に見せまいとかたく身をよろうてきた。それが、きれいなかしこい人ではあるが、なにぶん近よりがたい、の感を人にいだかせ、ひいては結婚の機会を逸することにもなった。そのことを向田邦子は十分に自覚している。自分はもっと、わざと作ってでも、弱みやスキを時に見せる可愛気のある女であるべきだった。であるから、「後妻の口にさしつかえます」や「まごまごしていて婚期を逸しちゃった」のたぐいは、わたしはそんなに聡明で有能なばかりの女ではないのよ、という、一種の「可愛気づくり」でもある。めったにしくじりなどしない向田邦子が、ほんのちょっとしたおちどや失敗を誇張して言い立てるのも、読者の親しみを呼びよせる策として使っているのである。

松原惇子『クロワッサン症候群』(一九八八年文藝春秋、のち文春文庫)は、こんな印象的なプロローグからはじまっている。

〈一九七七年のある日、家の階下で右往左往していた女たちの前に、突然はしごが現われた。

はしごは言った。

「さあ、みなさん、こっちですよ。おあがりなさいよ」

救世主のごとく現われたはしご。女たちは何のためらいもなく、むしろ期待に胸をはずませてそのはしごをかけ昇った。

二階から見える景色は思った通り素晴らしかった。しかし、慣れてくるとそれほどのものでもなかった。

「一階の方がよかったわ」

はやばやと、はしごを降りた賢明な女たちもいた。だが、多くの女たちがそのことに気がついた時には、降りるはしごはなかった。はしごはすでにはずされていたのである。〉

二階にあがったままおりられないでいる女たちとは、現在(一九八八年、すなわち昭和六十三年ごろ)三十代なかばの女たち。はしごとは、「女の自立」をはやしたてた女性雑誌である。

この人たち、つまり一九七七年(昭和五十二年)前後のころに自立の道をえらんだ女たちのあこがれが向田邦子であった。同書の「向田邦子はOLの星だった」の項にはこうある。

〈向田邦子は、「のぼってらっしゃいよ。二階は眺めがいいわよ」と大声で叫びはしなかった。彼女は桐島さんのように、自ら自分の生き方を語ったり主張したりはしなかったからだ。なぜなら向田さんは、女の時代を騒がれる前から二階に住んでいたからである。

そのことを教えてくれたのは、他でもない女性誌「クロワッサン」である。

一九八〇年、七月二十五日号の「クロワッサン」は、「向田邦子」と題した特集ページで、向田さんのライフスタイルをあますところなく紹介した。ここが肝心なところだ。彼女の文学について紹介したのではなく、彼女の生活を紹介したのである。女たちが向田さんにあこがれたのは、彼女の作家としての才能ではなく、雑誌がみせてくれた彼女のライフスタイルなのである。向田さんの生活こそが女たちが求めていた理想のシングルライフなのである。〉

松原さんが紹介している『クロワッサン』向田邦子特集を、わたしも読んでみた（読んでみたと言っても写真がしめるスペースのほうがずっと大きいのだが）。

なるほど、向田邦子は、自分の猫のこと、壁にかかっている絵やリトグラフのこと、棚にある宋胡録《すんころく》の小壺のこと、海外旅行のことなどを語っている。向田邦子が平生使っている湯のみやスプーン、あるいはハンドバッグや靴など種々の小物の写真が出ている。こういうのを見た人が「シングルライフ」に対するあこがれをかきたてられるのかどうか、わたしにはよくわからないが、松原さんによれば、当時の若い娘たちは強いあこがれの気持をいだいたのであるらしい。

「女性の自立ブーム」がはじまったのは一九七七年ごろからだそうだが、そのつぎの年、一九七八年（昭和五十三年）に向田邦子は「潰れた鶴」を書いている。右にひいたような文脈のなかにおいてみると、向田邦子がこれを書いた意図がいっそうよくわかるような気がする。おそらく彼女は、自分が「女性の自立熱」の理想像の一人にされていることを、苦々しくも思い、負担にも感じていたのだろう。上記『クロワッサン』特集でも向田邦子は、くりかえし「私は決して意志的に生きる人間ではありません」と言い、また「面白そうなものに飛びつくだけ。私には、大きなこころざしも、べき主義主張もないんです」と強調している。

向田邦子が「潰れた鶴」を通して、ブームに乗る娘たちに言いたいことは、二つあったろう。一つは、「集団で私のまねをしようというのがおかしい。才能のない人には無理です」。もう一つは、「よし才能があり、成功したとしても、さびしいことにかわりはありませんよ」。第一のことは言いにくい。「私には才能があるのよ」と言うことになるのだから。

そこで、第二の、「これはむなしい道です。まちがってもまねをしてはいけません」を言うことになったのだろう。だから、四十のなかばになって縁談を求めているとか、女はのろまでたよりなくて依頼心の強いほうが結局はしあわせなのだとか、「ああ、どうしよう。もう間に合わない」とか、言いにくいことを言ったのだろう。「潰れた鶴」だけを見ればこれはまぎれもなく向田邦子個人のことを書いたものだが、松原惇子さんがえがいてくれた見取図のなかにこれをおいて見れば、向田邦子は自分の「ライフスタイル」にあこがれる若い女たちに、その二十年後を予告してみせたのであったのかもしれない。

四　小説への助走

『銀座百点』の連載は昭和五十三年六月号の第二十四回「鼻筋紳士録」をもっておわり、同年十一月に文藝春秋から『父の詫び状』のタイトルで刊行された。

翌年五月、向田邦子は『週刊文春』に「無名仮名人名簿」と題する随筆を連載しはじめた。見開き二ページ、一回分が八枚ほどである。

「無名仮名人名簿」という題は「人間模様」というほどの意らしい。筆者がこれまでの人生で出会ったおもしろい人物やエピソードを書く、ということであるようだ。それらの人物はみな有名人ではないから「無名」、実在の人物であってもたいがいは本名を出さないから「仮名」、それら無名仮名の人物たちの「人名簿」ということなのだろうと思う。一字おきに「名」が出てくるおもしろさを狙ったのかもしれないが、あまり出来のいいタイトルではない。

「無名仮名人名簿」はこの年の五月二十四日号にはじまって、五十二回つづき、翌昭和五十五年の五月二十二日号をもっておわった。当時の『週刊文春』は正月に合併号が出るのみであとは毎週だから、年間五十一冊出た。五十二回は一年分プラス一回である。それくらいが本にするのにちょうどよい分量だったのであろう。

翌五月二十九日号から「霊長類ヒト科動物図鑑」がはじまった。つまり連載はとぎれることなくつづいているのであり、本一冊分になったから題をかえた、というだけのことである。内容にもスタイルにも変化はない。

「霊長類ヒト科動物図鑑」というのも「人間模様」ということなのだろう。「無名仮名人名簿」よりもっとセンスのわるい題である。

これも五十二回つづいて、翌昭和五十六年五月二十八日号をもっておわった。つぎの六月四日号から「女の人差し指」とまた題をかえてはじまり、八月二十二日に筆者が死去したので、九月三日号の第十四回をもっておわっている。「女の人差し指」の意味は判然としない。

要するに『週刊文春』連載は、途中で題がかわってはいるが実質的にはひとつづきの連載で、二年三か月、計百十八回つづいたわけである。

単行本『無名仮名人名簿』および『霊長類ヒト科動物図鑑』は『週刊文春』に連載した随筆をまとめたものだが、『週刊文春』の掲載順と単行本の配列とはいちじるしくことなっている。これは、著者が編集者の意見をも徴しながら配列を考えた――向田邦子の言いかたをかりればシャッフルしたのである。

『霊長類ヒト科動物図鑑』は奥付「昭和五十六年九月一日発行」でこれは著者の死去後だが、配列を考えたのは連載終了後の六月ごろだから無論著者は生存していたのである。なお十四回で中絶した「女の人差し指」が本になったのは死去一年後の昭和五十七年八月で、これは『週刊文春』掲載順である。

シャッフルと言っても、もとよりトランプの札を切るように無作為にならべるのではない。当時単行本を担当した編集者の話によれば、――はじめのほうに出来のいいものを集中する。特に冒頭の一篇は読者が店頭で手にとって「おもしろそうだ」と思ってくれそうなのを配する。龍頭蛇尾ではいけないからおしまいにも自信作をおく。中間に並の作をならべる――という方針であったそうだ。どれが出来がよくどれが並であるかの判断は著者自身によるが、担当編集者の意見をも徴した、ということである。

『無名仮名人名簿』『霊長類ヒト科動物図鑑』は前述のごとくあわせて百四話ある。これの『週刊文春』掲載順および単行本の配列をかかげるのはスペースをとりすぎるから、それぞれの『週刊文春』掲載時の最初の十回と、単行本の最初の十話およびおしまいの三話（すなわち著者にとっての自信作）とを例としてかかげる。

まず、『週刊文春』連載「無名仮名人名簿」の掲載順と、単行本におけるその位置（『週刊文春』発行日づけは、19を略した西暦・月・日とする。単行本で題を変えたものはない）。

順番	題	『週刊文春』発行日づけ	単行本における配列
1	胸毛	79・5・24	第四十一話
2	青い目脂	79・5・31	第四十三話

3	おばさん	79・6・7	第四十四話
4	拾う人	79・6・14	第十四話
5	金覚寺	79・6・21	第四十五話
6	カバー・ガール	79・6・28	第四十六話
7	人形遣い	79・7・5	第十五話
8	正式魔	79・7・12	第十六話
9	キャベツ猫	79・7・19	第四十七話
10	目覚時計	79・7・26	第四十九話

雑誌発表の初期のものは単行本ではおおむねおしまいのほうに並べられていることがわかる。すなわち連載開始当初のものは、著者自身の評価は高くないのである。「人間模様」シリーズに出てくるキャラクターとしては、「胸毛」の速記者の滝口さん、「おばさん」の靴磨きのおばさん、「キャベツ猫」の「夜店のヒヨコ」と呼ばれる美人女優など、わたしには印象の強い人物像なのであるが——。

つぎに、単行本における最初の十話および最後の三話の、『週刊文春』連載時の回数。

順番	題	『週刊文春』連載時の回数	発行日づけ
1	お弁当	第四十九回	80・5・1

2	拝借	第三十九回	80・2・21
3	マスク	第四十回	80・2・28
4	天の網	第五十一回	80・5・15
5	なんだ・こりゃ	第四十三回	80・3・20
6	縦の会	第二十三回	79・10・25
7	唯我独尊	第十八回	79・9・20
8	七色とんがらし	第二十一回	79・10・11
9	転向	第十七回	79・9・13
10	普通の人	第四十七回	80・4・17
⋮			
50	静岡県日光市	第十一回	79・8・2
51	ハイドン	第三十回	79・12・13
52	金一封	第三十三回	80・1・3／10合併号

連載のおしまいごろに書いたものが単行本でははじめのほうにならべられている。昭和五十五年（一九八〇年）になると——あるいは前年後半ごろから——向田邦子は猛烈に多忙である。この連載の執筆にあてる時間は一時間くらいしかなかったらしい。だから、かなり雑なものもある。しかしそういう時期のもののほうがかえってすなおに書けていて読者に気に入ってもらえそうだ、

と向田邦子は考えたのかもしれない。

つぎに、連載「霊長類ヒト科動物図鑑」の最初の十回。

順番	題	『週刊文春』発行日づけ	単行本における配列
1	職員室	80・5・29	第五十話
2	声変り	80・6・5	第四十三話
3	兎と亀	80・6・12	第四十九話
4	マリリン・モンロー	80・6・19	第十三話
5	無敵艦隊	80・6・26	第六話
6	虫の季節	80・7・3	第四十七話
7	旅枕	80・7・10	第二十三話
8	ポスト	80・7・17	第二十二話
9	黒い縞馬	80・7・24	第四十八話
10	白い絵	80・7・31	第二十話

つぎに、単行本の最初の十話と最後の三話。

順番	題	『週刊文春』連載時の回数	発行日づけ

1	豆腐	第三十三回	81・1・15
2	寸劇	第三十回	80・12・18
3	助け合い運動	第三十六回	81・2・5
4	傷だらけの茄子《なす》	第十九回	80・10・2
5	浮気	第五十一回	81・5・21
6	無敵艦隊	第五回	80・6・26
7	女地図	第四十五回	81・4・9
8	新聞紙	第二十九回	80・12・11
9	布施	第二十七回	80・11・27
10	引き算	第四十一回	81・3・5
……	……	……	……
50	職員室	第一回	80・5・29
51	電気どじょう	第四十三回	81・3・26
52	一番病	第二十八回	80・12・4

ここでも、連載時の早い時期のものは単行本ではなかほどないしは末尾ちかくにさがり、連載時の後半のものが単行本では最初のほうに並べられているのがわかる。かさなるのは「無敵艦隊」だけである。

週刊文春の連載随筆のなかには、かたちは随筆で、自分のかかわったことや見聞したことをそのまま書いてあるようだが、実際には小説にちかい、「小説的随筆」とでも言うべきものがかなりある。その典型的な一例に、『無名仮名人名簿』の「おばさん」がある。

これは、向田邦子が日本橋の雄鶏社につとめはじめたころ、ビルの前の道ばたに店を出していた靴みがきのおばさん二人と、ビル管理人のおじさんを書いた作である。

おばさんのうち主役の一人のほうは、無愛想でつっけんどんだがしごとが丹念なので繁昌している。もう一人のおばさんは威勢がわるく、手拭いで顔をかくしてオドオドと手をうごかしているような人である。

この二人のおばさんが水をくませてもらったりトイレをかりたりするのが向田邦子のつとめ先のあるビルなのだが、ここの管理人のおじさんというのが依怙地な人で、「あんなところに坐り込まれちゃ思い切って水も撒《ま》けねえ」と、二人のおばさんを目のかたきにする。かしたバケツのつるがとれたとれないでおじさんと、威勢のいいほうのおばさんとがむなぐらをとってやりあい、おとなしいほうのおばさんがオロオロしながらとめにはいって、頭をさげているのを見たこともあった。

ところがある日、向田邦子はしごとで浅草へ行き、ついでに観音様におまいりしようと仲見世を歩いていて、ビル管理人のおじさんと、不倶戴天の敵であるはずの靴みがきのおばさんとが、仲よく歩いているのを見た。

〈おばさんはおじさんの背広の裾を、お絞りのようにねじって、子供のようにしっかりつかんでいた。〉

〈おじさんと顔を見合せて、金歯を見せて笑っている。〉

〈小男のおじさんとふた廻りも大きいおばさんが、浅草寺の方へゆっくりと歩いてゆく。私は少し迷ってから、ここでお詣りを済ませることにした。仲見世のまんなかあたりで立ちどまり、本堂に向って頭を下げて帰ってきた。〉

そしてその後も、

〈私の見る限りおじさんとおばさんの態度は前と少しも変らなかった。雨が降ると、おばさんは相変らず道具を抱えてビルの庇で雨やどりをしていたし、おじさんは横を向いて顎で煙草をすっていた。〉

とある。

これは、ひとむかし前の日本の男女のかたぎをえがき出したみごとな作品であり、週刊文春連載随筆百十八篇中一番の傑作である。

描写も実にうまい。「顎で煙草をすう」などという表現を、この人はどこでおぼえたのだろう。しかし、この通りのことが、実際に向田邦子の目の前であったのだとは思われない。靴みがきのおばさんはいたであろうし、おばさんにつめたいビル管理人もいたのであろうが、話は向田邦子の創作であろう。つまりこれは、随筆のかたちをとった小説である。このようにして向田邦子は、自身無自覚のうちにも、小説を書く準備をしつつあった。

第四章　思い出トランプ

一　随筆では書けないこと

向田邦子は、昭和五十五年二月から、月刊の小説雑誌『小説新潮』に、「連作短篇小説」と銘打って『思い出トランプ』を連載しはじめた。各月号に発表する一つ一つの作は独立した短篇小説で、それぞれ題がある。総題が『思い出トランプ』である。その第一話「りんごの皮」が、彼女が書いた最初の小説であった。

『思い出トランプ』は、その題どおり、翌五十六年二月号掲載の第十三話「ダウト」をもって終了した。四か月おいて同誌七月号から、総題を『男どき女どき』とかえて連作短篇を書きはじめたが、四篇書いたところで死去した。この計十七篇と、それに同時期に他の小説雑誌に書いた三篇、あわせて二十篇が、向田邦子が書いた小説のほぼすべてである(「ほぼ」とあいまいな言いかたをするのは、ほかにテレビドラマのすじがきを小説の形に書いたものがいくつかあるからである)。

向田邦子が『思い出トランプ』の最初の作を書いたのは昭和五十四年の晩秋か初冬のことであろう。そして、その翌々年の八月に死んでいる。言いかえれば彼女は、五十年あまりの生涯の最後の、ほんのみじかい期間にのみ小説を書いたのである。

小説を書いたのは、直接には、実践女子専門学校で同級生だった川野黎子が『小説新潮』の編集長をしていて、向田邦子に小説を書いてみるようにすすめたのだろう。しかしそれは川野が発表のきっかけを作ってくれたというだけであって、向田邦子自身がその機運に達していたのである。「随筆では書けないことを小説で書いた」と彼女は言っている。そのとおりであろう。

さきに『銀座百点』連載第六回「チーコとグランデ」のクリスマスケーキのくだりについてのべた。「仕事も恋も家庭も、どれを取っても八方塞《ふさ》がりのオールドミス」が、小さなクリスマスケーキを手に人気《ひとけ》のない暗いホームに立って、大きなクリスマスケーキを乗せた光の箱が遠ざかってゆくのを見送る、という話であった。

また、「手袋をさがす」についてのべた。かたくなに自分の好みや感性を守る二十二歳の娘が、人から「そんなことでは女の幸せを取り逃がすよ」「今のうちに直さないと、一生後悔するんじゃないのかな」と忠告されたが、あらためることなく、むしろはっきりと、「その道を歩んではいけない」と言われた道を選択する話であった。

さらに「潰れた鶴」についてのべた。「女の幸せ」をとりにがした女が、日夜「ああ、どうしよう。もう間に合わない」とあせりつつ、四十をすぎてなお縁談を求めている話であった。

これらはみな、向田邦子が自身のことを書いたものである。実際にこのとおりのことがあったのかどうか、それはわからないが、筆者が自身のこととして書いていることはたしかである。

しかし、こうしたあまりに深刻な、痛切な話は、随筆にはそぐわない。そのことはすでにのべた。

向田邦子が書いてきた随筆、特に『銀座百点』連載の随筆は一種の自伝のようなもので、彼女の人生に実際にあったことを書いている。しかしこまかいところでは、相当虚構をまじえてもいる。

たとえば「隣りの神様」にこういうところがある。——父が死んだ時、家族四人が父のまわりに坐った。弟が「顔に布を掛けた方がいいよ」と言った。「母は、フラフラと立つと、手拭いを持ってきて、父の顔を覆った。それは豆絞りの手拭いであった」「弟は黙ってポケットから白いハンカチを出し、豆絞りと取り替えた」と。

この件について向田邦子の母が、「あれ、嘘ですよ。うちに豆しぼりの手拭なんてないですよ。(…)何を思って書いたんですかね」と言っている(座談会「素顔の向田邦子」『小説新潮』平成五年八月号)。このばあいは当事者が証人なのだから、虚構であることがまぎれもない。こうしたことはほかにもあちこちにあるのだろう。

つまり『銀座百点』連載——本の題でいえば『父の詫び状』——は、大情況(たとえば、父が死んだ)は事実で、小情況(母が父の顔に豆絞りの手拭いをかけた)はかなりの虚構がある。

これを逆にして、大情況は虚構、小情況に事実、あるいは真実を書けば小説になるわけである。虚構の大情況をかまえるのは、テレビドラマ作家にとっては、いともたやすいことだろう。

テレビドラマとちがうのは、細部に、随筆には書けない自己の事実、あるいは真実を書くことだ。

これは、いかなる赤裸々な事実を書いてもさしつかえない。なにしろ大情況が虚構、つまりつくりばなしなのだから、その細部も、つくりばなしの登場人物のことになるからである。随筆で自分を、仕事も恋も家庭も八方ふさがりのオールドミス、と書けばそれは向田邦子本人のことだが、小説でそういう女を書いてもそれは作者自身ではない。そこで作者はやすんじて自己の真実を書くことができる。してみると、随筆と小説とは、実はそんなにちがわない。「神は細部にやどりたまふ」とすれば、小説こそ向田邦子本人を書いたものかもしれない。

随筆では書けなかったこと、というのは何かと言えば、それは筆者自身の性のこと、男女関係のことである。

『銀座百点』連載は、横暴で無器用で家族への愛情にみちた父親を中心とする「昭和十年代のメルヘン」になり、そうなったことによって大成功した。向田邦子自身はそのメルヘンの登場人物になり、その役柄に応じたふるまいをせざるを得なくなった。

『父の詫び状』には、鹿児島にいた小学生のころのこととして、漁師に洋服の上から体をさぐられた話がある(「細長い海」)。女専のころ、常磐線の車中で早稲田の学生から一種のラブレター(といっても住所氏名のみ)をもらった話がある(「学生アイス」)。けれども、前者は性体験というにはあまりにおさないころの思い出である。後者は、男女関係の経験というにはあまりに淡泊である。

メルヘンになまなましい話が出てくるのは場ちがいだし、メルヘンでなくても随筆に男女の話は書けない。『無名仮名人名簿』の「天の網」に、雄鶏社につとめはじめたばかりのころ残業をサボって男ともだちと芝居を見に行った話がある。随筆に自己の男女関係のことを書いたのはこれくらいのものだろうが、もとよりその男がどういう人でどの程度の仲だったかなどのくわしいことは何も書かれていない。うまくサボったつもりが社長に見つかってしまったという話のいきさつとして出てくるだけである。

向田邦子が死んだあとで、その男女関係については、知友の証言を徴するなどしてしらべた人があるようだ。前述『向田邦子 心の風景』にその証言が集められている。どの程度あてになるのかわからないが、病死した青年、交通事故で死んだ青年、台湾の実業家などがあがっている。が、こうしたセンサクにつきあうのはあまり気分のよいことではない。向田邦子も女であるからいろいろあったということだ。森繁久彌が、直木賞受賞パーティの際に、「多分、あの頃は向田さんは処女であった。（…）それから間もなく男が出来たようでございました。その男と何年続いたかどうか分かりませんが。それやこれやで、私のテレビも書いていただくようになりました」云々と語っている。「あの頃」は「森繁の重役読本」を書きはじめた昭和三十七年はじめ、満三十二歳のころであり、「私のテレビを書くようになった」は同四十年ごろをさす。経験をつんだ人にはそういうことがわかるものらしいから、森繁久彌の観察はあたっているのだろう。向田邦子の深刻な恋愛体験は三十代のなかばごろ以後にあったと見てよいのであろう。

向田邦子はこれについて語るを欲しなかった。それは当然である。自分の失敗したあるいは不幸な恋愛体験をあからさまに語りたい者は多くなかろう。向田邦子はしばしば、自分は語りたくないのだと明言している。

しかしそれはまた、語りたいことでもあった。矛盾しているようだがこれも真実である。語りたい、という欲求はほとんど本能にちかいらしい。何も語らずいっさいを胸に秘めたまま死んだ、という人は、むしろめずらしい人とされる。まして向田邦子はこのんで自分を語った人である。

彼女の書いた随筆は、子どものころの思い出と現在の生活や交友の詳細な一覧表だ。二十代三十代のこと、とりわけ恋愛や性にかかわることのみがポカリとあいている。その空白を小説でうめ、架空の物語の細部に、その登場人物のこととして、自己の真実を書こうとした。だから総題が『思い出トランプ』なのである。『父の詫び状』は大情況が思い出であるのに対して、『思い出トランプ』は細部が思い出なのである。

もっとも男女のことに関して、向田邦子にそう深い経験があるわけではない。山口瞳がこう書いている。
〈しかし、向田邦子にはわかっていないこともたくさんあった。彼女は、家庭内の機微、夫婦生活のそれについて、わかっているようで、まるでわかっていない。特に夫婦生活については、皆目駄目だった。〉（「向田邦子は戦友だった」『オール讀物』昭和五十六年十一月号）
ここに山口瞳が言う「夫婦生活」はいわゆる性生活のことではない。
〈たとえば、「夏服、冬服の始末も自分で出来ない鈍感な夫」というような描写があった。家庭内では、通常、夏服、冬服の出し入れは妻の役目である。〉

万般におよぶ男女のことのなかで、向田邦子にわかるのはごくせまい性のことだけであった。要するに、小説の内実をゆたかなものにすべき人生体験が彼女には稀薄である。そのかわりに精力をかたむけたのが結構の緻密だった。

その結果、彼女の書く小説は、よくできた小さなおもちゃのようなものになった。ふくらみも奥行きもないが、とにかく念入りに精巧に出来ている。それが人を感心させもするが、こましゃくれた感じをもあたえる。その精巧なしくみをバラしてみれば、出てくるのは金太郎アメのごときせまい性の世界のみ、というのが向田邦子の小説であった。

二　片面の自画像

上述のごとく『思い出トランプ』の第一話は『小説新潮』昭和五十五年二月号に発表された「りんごの皮」である。おそろしくしかけの複雑な、凝った小説で、おそらく新幹線のなかなどで読みとばす小説雑誌の読者には何のことやらわからなかっただろう。

しかけのタネは二つある。一つは、赤い帯状のものである。もう一つは表皮と中身である。りんごの皮をむくと赤い帯状になる。つまり「りんごの皮」という題はそのしかけを示唆しているわけである。

時は昭和五十四年もしくはその前年の歳末。主人公は時子という五十歳の女。都心のアパートに一人で住んでいる。絵をかけられる玄関のついた高級アパートである。——言うまでもなく時子は、東京南青山のマンションに一人でくらしている五十歳の向田邦子を、部分的に代表している。

時子は結婚経験がある。離婚して三十年になる。——一方で敗戦直後のころに大学生であったとも書いてあるから矛盾があるが、登場人物の経歴のズサンは向田邦子の小説では毎度のことである。

会社につとめている。会社づとめの五十の女が都心の高級マンションにいるというのもやや不自然だが――。

恋人がある。野田という医者である。年は時子とおっつかっつらしい。一年前から、野田が一週間に一度来て床をともにする仲になった。その日は、時子は会社を休むらしい。毎週一日かならず休む五十の女会社員というのもいよいよ変だが、そういうことになっている。

その野田のために月賦で無理をして絵を買った。夕方ふろあがりの野田がその絵をかけるために玄関の壁に釘を打っている。火花が出たことから性行為の際の反応の話になり、時子は、「闇の中で、からだに赤い筋が走ることがある。赤い筋は幅五センチほどで、ももの内側の、からだのまんなかのあたりから両足の足首に向かって、ゆっくりと走ってゆく。見える時と見えない時がある。何かに似ていると思ったら入場券だった」と話した。――この入場券は駅の入場券である。赤い筋が横に二本ならんでいる。ここで、赤い帯状の筋が性行為の象徴として示される。

五十の男女が、まだ陽も落ちてない玄関先でそんなみだらな話をして笑っているところへ、時子の弟が来た。時子とは二つちがいで、子どもが二人あり、公団住宅に住んで会社につとめている。前から住居の頭金をかしてくれと言っていたからその用で来たのだが、野田を見て、「また来るよ」と帰った（弟は、時子の勤め先へ電話をかけ、「風邪で欠勤」と聞いて直接マンションへ来たのである。これによって、野田が来るのはウィークデイであることがわかる）。

三日後、時子は銀行で百万円をおろして弟の家へとどけに行った。まだ早すぎるので時間つぶしに渋谷のデパートにはいり、そんな気もなかったのに気まぐれでかつらを買った。

デパートの中をあるくくだりにこうある。

〈年の暮が近いせいであろう、デパートは混み合っていた。人いきれで汗ばむほどだったが、時子は外套を脱ぐのも億劫《おっくう》だった。さまざまな色や形が廻りで揺れ動いていたし、さまざまな音楽やことばが、子供の泣き声が飛び交《か》っていたが、時子には縁のないものであった。時子の欲しいものは、このデパートには売っていないのだ。〉

時子のほしいのは「家族」あるいは「家庭」なのである（引用は『小説新潮』による。読者が単行本、文庫本と見くらべて微細な相違をたのしむことができるだろうと思うゆえである。以下も同じ）。

また、かつらの売場で鏡にむかってすわり、自分の老けた顔を見て、

〈それにしても、これで「入場券」とは、よくもまあ言ったものだ。一体、どこ行きの入場券のつもりなのだろう。〉

とある。

デパートを出て、果物屋で手みやげにりんごを買った。かつらは頭の表皮である。りんごはあとで皮だけになる。皮は赤い帯である。つまりりんごを介してかつらと入場券とがつながっている。

ここで三十年前の回想になる。銀行の地方支店長であった父が東京へ栄転することになり、はいるはずの家へ、時子と弟とが一夜だけ留守番に行った。時子は大学一年、弟は高校二年であっ

た。時子は弟に男の性を感じ、ぎごちなくなる。その時、男が二人はいってきて、天井裏から日本刀をとり出して行った。去りがけにりんごを二つくれた。男たちの闖入とりんごとが、姉と弟との危機を救った。ここで、りんごと性とがむすびつけられる。

弟と二人で空家の留守番をしたことは『霊長類ヒト科動物図鑑』の「お化け」にある。昭和二十二年の暮ごろに仙台市内で転居する際、はじめ父が行ってむすめを呼び、むすめがくると帰ってしまい、そこで母が弟をよこしたのだとある。向田邦子は実践女子専門学校にはいった年、弟は中学四年であろう。両人とも東京の学校へ行っているのだが、この時は冬休みで仙台に帰っていたのである。小説に「火の気のない、だだっ広い空家は、歯の根も合わぬほど寒かった」というのは実情であろう。もちろん『霊長類ヒト科動物図鑑』には、弟の男を感じたというようなことは書いてない。しかし二度も使っているのは、この空家の留守番が強く印象にのこったからだろう。実際にはこの空家には電灯がついたのだが、危機の感を強めるために小説では「どういう手違いか、電気が来ていなかった」としてある。

さて、弟との性の危機をりんごが救った回想が終り、時子はりんごを手みやげに弟の家へ行くが、入口まで行ってひきかえした。換気扇から魚を焼くにおいが流れ出ていたので、自分がはいって行く余地はないと感じたゆえである。すなわち時子は「家庭」に拒絶された。

この、換気扇から出てくる魚を焼くにおいは、「手袋をさがす」の左のところを想起させる。

〈私は四谷の裏通りを歩いていました。夕餉《ゆうげ》の匂いにまじって赤ちゃんのなき声、ラジオの音、そしてお風呂を落としたのでしょうか、妙に人恋しい湯垢《ゆあか》の匂いがどぶから立ちのぼってきました。こういう暮しのどこが、なにが不満なのだ。十人並みの容貌と才能なら、それにふさわしく、ほどほどのところにつとめ、相手をえらび、上を見る代りに下と前を見て歩き出せば、私にもきっとほどほどの幸せはくるに違いないと思いました。〉

あたりまえな女のほどほどの幸せ——それを具体的なかたちであらわせば、夕餉のにおいにまじる赤ちゃんの泣き声、ラジオの音、どぶから立ちのぼる湯垢のにおい、ということになる。向田邦子は、平凡な家庭のあたたかさとつまらなさを、そういうかたちでとらえていた。そしていまは換気扇から出る魚のにおいであらわしているのである。

こうしてみると、「手袋をさがす」の右に引いた情景も、随筆の細部にうめこまれたフィクションなのである。昭和五十一年に向田邦子が「手袋をさがす」を書いた時、二十五年前の夜のそんなこまかいところまでをおぼえていたというわけではないのだ。これは昭和五十一年の向田邦子にとっての「家庭」なのである。向田邦子はそこから排除され、流れ出てくる音やにおいによって、そのあたたかさ、心地よさと、卑俗さ、うさんくささとを想像している。そしていま、「りんごの皮」では、魚を焼くにおいに追いかえされて、せっかくの百万円と手みやげのりんごを渡さぬまま、時子はひきあげてしまう。両者を書いたのはほぼ同時期、四十代後半ごろの向田邦子なのである。

〈こうなることは判っていたような気もする。

判っているくせに時分どきに出かけたのは、自分に対する言いわけなのか、傷の痛みをたのしんでいるのか。〉

自分に対する言いわけとは、はたしはしなかったけれども弟の要求にこたえた、ということである。傷の痛みをたのしむとは、ついに家庭を持つことなくこの年になってしまった自分に懲罰を加えるために、家庭に拒絶される場面をすすんでつくった、ということである。実は時子は一度結婚したことがある女という設定なのだが、ここではほとんど、一度もそのことのなかった作者が時子になってしまっている。

家に帰ると、百万円の札束を壺にかくし、上にかつらをのせた。

りんごの皮を長くむき、むき終わった長いうず巻きを口にくわえ、窓をあけて、りんごの実をほうり投げた。

〈裸のりんごは、うす墨の闇の中で白い匂いの抛物線を描き、思ったより遠くに飛んで消えた。時子はそれからゆっくりとりんごの皮を嚙んだ。〉

「りんごの皮」はこう終わっている。

こういうところも、読みもの雑誌の読者には何のことやらわからなかったであろう。りんごの皮をむいて、皮をのこして実を捨てる者が世のなかにあろうとは思われない。何のためにそんなことをするのかまるで理解できない。

これは無論、読みもの雑誌の読者が程度が低いからではなくて、小説が人工的にすぎるからである。人物が自然に行動するのではなく、しかけによって行動しているからである。

りんごの皮は、性行為であり生活の表皮である。りんごの実は生活の内実である。かつて夜の空家でともにりんごを食った姉と弟とは、三十余年たって、弟は内実を手にし、姉は性行為しかのこっていない。そのことの象徴として時子はりんごの皮を口にくわえて実を投げすてるのだが、行為として不自然だし、意味が大多数の読者に通ずるとは思えない。

この小説が精緻にできているというのは、入場券、りんご、かつらなどの小道具が象徴的な意味を持たされ、それらの意味に指示されて人間が動き話が進むので、きわめて人工的、構成的にできている、という意味である。話の自然さの点で精緻にできているということではない。その点ではむしろ不自然である。なぜ不自然になったかというと、時子は作者の一部を代表してはいるが設定はことなっているからである。

テレビドラマ作家向田邦子が都心の高級マンションに住んでいるのはすこしも不自然でないが、会社づとめの五十の女が住んでいるのはあまり自然ではない。それがここ一年、きまって毎週一日会社を休むのはいよいよ自然でない。弟の無心に応じてかんたんに百万円を用立てられる女が、月賦で無理をして絵を買うのも自然ではない。銀行預金の利息よりは絵の月賦の利息のほうがずっと高かろう。

昭和五十三年か四年のころ、離婚して以来三十年ひとりでくらしている五十歳の女が、かつて大学生であったというのは、年齢も制度もあわない。五十の女が離婚して三十年というのは二十歳で離婚したということである。当然結婚したのはそれより前、十八か九のころということになる。いっぽうで大学生だったころに弟と空家の留守番をしたと言っている。もちろんすでに結婚している姉なのではない。それにそもそも終戦直後のころに女の大学生というものは原則として存在しない。

かように現実性の点ではあやうい話であるのに、なかのしかけは巧緻にできているから、よくできたおもちゃのような印象をあたえるのである。

なおこの作について、『向田邦子 心の風景』にはこうある

〈ほどほどの生活を象徴していたりんごの実を捨て、皮のほうを噛む。常識的な損得でいえば損な選択をあえてする。他人がどう思おうと、そのような損な選択が本人には、もっとも自分らしい生き方であったのである。自分のありのままの性格を、ありのままの気持を大事にする。向田邦子は、そうした人生選択をする女の生き方を「りんごの皮」で描いてみせたのである。〉

これは見当ちがいであろう。なぜ見当ちがいになったのか。第一に、りんごの皮は赤い帯であり、入場券とともに性行為の快感をあらわすものであることを見おとしているからである。第二に、時子を全面的に向田邦子その人と見ているからである。

向田邦子は著名なテレビドラマ作家であり、対応しきれないほど注文が殺到する随筆家である。名声と世間の尊敬とにつつまれている。時子にはそうしたものは何もない。あるのは週に一度たずねてくる恋人との性行為——赤い帯だけである。それもむなしいものであることは、「一体、どこ行きの入場券のつもりなのだろう」にあらわれている。

向田邦子は名声と尊敬とにつつまれているが、それが家庭やこどものかわりになるものではない。内心のさびしさにかわりはない。そのさびしさの一面だけをとり出したのが時子なのである。

『思い出トランプ』第二話は「男眉」である。『小説新潮』昭和五十五年三月号に発表された。「男眉」とは、ほうっておくと左右がつながってしまう眉毛を言う、と作中にある。作中の祖母はこれを「おとこまみえ」と言っている。「まみえ」は眉のことである。また、男眉の女は亭主運が悪い、と言っている。

第一話「りんごの皮」に弟が出てきたが、この第二話には妹が出てくる。主人公の麻はその男眉で、妹は地蔵眉である。地蔵眉とは弓型のやさしい眉だとある。

麻も時子とおなじく、作者と同年配、五十歳くらいの女である。結婚している。子はなく夫と二人ぐらしである。色気のない、可愛げのない女である。「夫の帰りの遅い夜、麻は、気がつくと眉と眉の間の毛を抜いたり、細くしたりしている」とある。まさかつながりはしないにしても、うぶ毛のようなのがはえてくる人はあるのだろう。そういう人は左右の眉も黒々と太くてごつい感じがするだろう、ということは、わかるような気がする。もっとも右の「細くする」というのはどういうことかわからない。

地蔵眉の妹はちょっとしたしぐさや目つきにも愛嬌があり、色気がある。麻は子どもの時から、そういう妹に対抗心と劣等感を持っている。

これは、実際作者が、妹に対してそういう感情を持っていたのかどうか、それは知るよしもない。作者に妹は二人あり、自分は「しっかりしたお嬢さん」、二番目は「綺麗なお嬢さん」、末は「可愛いお嬢さん」と呼ばれていた、と「潰れた鶴」にある。

向田邦子のテレビドラマに出演した小林亜星という俳優が向田邦子のことを「生身の女の匂い

ってのが感じられないんだよね、こんなこと言うと叱られそうだけど」と言っている（『クロワッサン』昭和55・7・25）。これは多分、図星をさしているのだろう。理知的な美人ではあるが、体つきも身のこなしも固くて、男から見て触れてみたい抱いてみたいという感じをあたえる人ではなかったのであろう。そのことは自分でも感じていて、男に敬せられる女ではあるが可愛がられる女ではないことが、ひけめにも、心の奥深いところでの傷にもなっていた。それを書いたのがこの作である。それを「男眉」、黒くて太い眉、と目に見えるかたちにあらわしたのはさすがである。小説として成功したものにはなっていないけれども。

この作では、本筋とはかかわりがないが、母親といっしょに三鷹へ買い出しに行った時のことを書いているところがおもしろい。随筆には出てこない。父親が有能な人だからあまりそんな必要もなかったろうが、時にはそういうこともあったのだろう。

そういう経験を書いているのもおもしろいし、向田邦子の、粗雑な、疎忽なところが集中的にあらわれているのもおもしろい。こうある。

〈戦後の買出し時代、（…）母と一緒にリュックをかついで買出しに出掛け、そのおじいさんのうちの縁側に腰かけていた時、空襲警報のサイレンが鳴った。負けがこんでいる時で、もう上空にはP51の姿があった。〉

「母と一緒にリュックをかついで買出しに出掛け」とあるが、リュックはかつぐものではない。「負けがこんでいる時で、もう上空にはP51の姿があった」とある。麻雀や花札ならともかく、戦争に「負けがこむ」はない。戦争は一ぺん負けたらおしまいである。

きわめつけは、この回想が「戦後の買出し時代」とはじまっていることだ。戦後になって空襲警報が鳴ったり米機を高射砲で迎え撃ったりはしない。さすがにだれかに注意されたのだろう、今出ている単行本および文庫本では「戦争中の買出し時代」となおしてあるが、雑誌の段階（あるいは単行本になり文庫本になった段階）で気づく人があってもよさそうなものである。戦争が終って三十年がすぎた昭和五十五年ごろには、もう編集者も校閲者も、こういうことをおかしいとは思わなくなっていたらしい（のちに『小説新潮』編集長が大ポカであったことをみとめている。川野黎子「向田さん、ゴメンナサイ」。『素顔の幸福』所収）。

『思い出トランプ』第三話「花の名前」は『小説新潮』昭和五十五年四月号に発表された。向田邦子の金太郎アメである。すなわち妻のある男がほかに女をつくる話である。

主役は五十前くらいの夫婦。子どもが二人ある。上の子が大学を卒業する年ごろである。夫は会社の経理部長である。結婚したころ夫は花の名前を知らなかった。妻が教えたらよくおぼえた。上役の家で夫人のいけた花の名がわかってほめられたと妻に感謝したことがある。この夫に女ができて妻にあいたいと言ってきた。あってみたら格別の話があるのでもなかったが、雑談のなかで、夫が妻のことを「うちの先生」と呼んでいることがわかって妻はショックをうける、という話である。

この夫は、結婚する前、花の名前を知らないことを言われて「おれは不具《かたわ》だな」と言い、結婚したら教えてください、とたのんだ、とある。そういう男もあるのかもしれないが、女が想像で勝手につくった男という感じもする。

人は関心のないことはおぼえられない。関心のあることはほうっておいてもおぼえる。

わたしの友人で碁と将棋の区別がつかず、いくら教えてもすぐまた「将棋を打つ」「碁をさす」と言うやつがいる。巨人がセントラルリーグなのかパシフィックリーグなのかわからないのもいる。興味がないのだからしようがない。

花の名前がわからない男なんぞはめずらしくもない。わたしもわからない。友だちと住宅街を歩いていたら庭に花が咲いていた。友だちが「何の花だ」ときくので、「バラか」と言ったら、「ばか、ツバキだ」と言われた。どこがちがうのかわからない。友人のなかにはもっとひどい、松の木と桜の木の区別のつかないのもいる。「字は書けるよ」と言っている。

世のなかの知識は無限である。だれしも知らぬことはある。花の名前を知らぬくらいのことで「おれは不具《かたわ》だな」などと大げさなことを言う男がめったにいるとは思われない。

その夫について、

〈子供の頃から、名門校に入ること。首席になることを親にいわれて大きくなった。数学と経済学原論だけが頭にあった。〉

とある。「経済学原論」という課目はあまり聞かない。あるいは経済学概論と経済原論とが混雑したのかもしれないが、経済原論のことだとしても、取りあわせが奇妙である。進学校や著名大学にはいるのに数学は必要だろうが、入学試験の科目に経済原論のあるはずがない。大学にはいってからのこととしてもこのとりあわせは変だし（近代経済学なら数学は必要だが、そのかわり

「原論」というものはなかろう)、大学に首席というものはないし、よしんばそういうもののある大学があったとしても、親がもとめるのは「いい大学」にはいることであって、大学にはいってからよく勉強することではない。

妻が、夫の愛人によび出されてホテルのロビーであう。相手の女のようすをこう書いている。

〈つわ子と名乗った女は、三十をすこし出た、二流どころのバーのママらしかった。衣裳も化粧も地味で、おっとりした品の悪くないひとだった。〉

〈常子は女の着つけがゆる目なのに気がついた。しゃべり方も、スプーンを動かす手つきもゆっくりしている。ほんのすこし、捻子《ねじ》がゆるんでいるとも思えるが、演技かも知れない。そうだとしたら、本当にこわいのはこの手の女だという気もする。〉

「本当にこわい」というのは、策略や手腕を秘めている、ということでもあり、男にとって魅力がある、ということでもあろう。

この場面、もちろん妻の常子の目で書いている。常子はふつうのサラリーマン家庭の主婦である。夫の愛人だという女と会って、自分と同様の家庭主婦でないことは一見してわかるだろうが、一流どころのバーか二流どころのバーか、見当がつくであろうか。それどころか、バーのママなのか料亭のおかみなのか、それとも何か別の、その方面の女なのか、とてもわかるものではあるまい。

ホテルのロビーにあらわれた三十すぎの女を見て判断しているのは、家庭主婦常子ではなく作者なのである。つわ子という女の前にすわっているのは向田邦子なのだ。

向田邦子ならテレビ業界の人だから、同業の人たち、プロデューサーとかディレクターとかにつれられてその種のところへ行く機会もよくあって、一流どころと二流どころと三流どころとどういう風格のちがいがあるのかもわかるのであろう。

してみると、「本当にこわいのはこのての女だ」と思うのも向田邦子なのである。自分はちょうどその反対だ。見るからに聡明でなにごとにもテキパキしている。しかし男から見るとすべてお見通しで、魅力にとぼしい。向田邦子は、自分をそういう女だと思っているらしい。自分は、テレビ作家としては勝ったけれども、女としては負けた。知識や教養で勝負できると思ったのがまちがいで、強いのはこういう、何かわからぬもやもやとした中身と奥ゆきをもっている女なのであるらしい……。

とすればこの「花の名前」は、向田邦子が自己の敗北を語った作品ということになるであろう。

三　精巧なおもちゃ

『思い出トランプ』第四話は「かわうそ」である。これは向田邦子が書いた二十篇ほどの小説のなかで一番の秀作だ。

厚子という名の四十代の女が主人公である。この女がかわうそに似ている。夫と二人ぐらしで、夫が脳溢血でたおれたとたんに元気になった。いやもともと元気な女なのだが、いっそう陽気になった。

この厚子の描写。

〈西瓜《すいか》の種子みたいに、小さいが黒光りする目が、自分の趣向を面白がって躍《おど》っている〉

〈顔の巾だけ襖《ふすま》があいて、厚子が顔を出した。

二十年前と同じ笑い顔だった。指でつまんだような小さな鼻は、笑うと上を向いた。それでなくても離れている目は、ますます離れて、おどけてみえた。〉

顔のはばだけふすまがあく、という描写はうまい。こういうところは、ほとんど天才を感じさせる。——なお「はば」という語、向田邦子は「巾」と書くくせがあったようだ。編集者が注意を喚起したのだろう、単行本では「幅」になおしてある。無論それが正しい。巾はきれである。以下こうしたテクストのことは一々言わない。

厚子の顔で最も特徴的なのがこの、目が離れていることである。かわうそに似ているところであり、愛嬌のあるところであり、また人間ばなれのした不気味さを感じさせるところである。

〈ひとりでに体がはしゃいでしまい、生きて動いていることが面白くて嬉しくてたまらない〉

〈火事も葬式も、夫の病気も、厚子にとっては、体のはしゃぐお祭りなのである。〉

「かわうそ」が成功したのは、女ぎらいの向田邦子が、そのきらいなところをこの厚子という女に集中して具象化してみせたからである。明るく愛嬌があるが、芯のところはおそろしくつめたく非人間的である。ウソがほんとうなのかほんとうがウソなのか得体が知れない。とにかく骨の髄から嫌悪をもよおす動物である。

もっとも想像だけではなかなかこうはゆかないであろうから、あるいは作者がこれまでにあった人のなかに、厚子の原型になるような女がいたのかもしれない。

わずか数ページのごく短い小説で、あるタイプの女を、その人を眼前に見る思いをさせるのみか読者に強い不快の念をもよおさせるまでに、これほどみごとに描き出したものは、日本の近代文学のなかでもそう多くはないであろうと思う。

『思い出トランプ』第五話「犬小屋」。

主人公は達子という二十代後半の女である。二人めの子をみごもっている。夫は大学病院の麻酔医である。ある日電車のなかで、むかし近所の魚屋にいたカッちゃんという男を見かける。以下回想になる。

達子が短大の学生であったころ、家で影虎という名の大きな犬を飼っていた。ふとしたことから魚屋のカッちゃんが毎日のように影虎のせわをしにくるようになる。もっともカッちゃんの目あては達子であった。達子にはまるでそんな気はなかったが。

両親が不在の日、カッちゃんは家にはいってきて、うたたねしている達子に抱きつくが、拒絶され、睡眠薬を飲んで、自分がつくった犬小屋に頭をつっこんで自殺をはかった。未遂におわり田舎に帰った。

うまくできた小説である。作者が犬のことをよく知っているのが成功の第一要因だろう。あつかましいがにくめないカッちゃんという青年もよく書けている。

あまり手ぎわよくできているので、かえって小ざかしい、あるいはちょこざいな感じをあたえるのが『思い出トランプ』の共通の性格だが、この「犬小屋」はとりわけそうである。職人仕事という印象をあたえる。「うまい！」と感心させはするが、尊敬の念はおこさせない。それはやはり、精巧なおもちゃみたいなもので、感銘が技術のレヴェルにとどまり、魂にまではとどかないからだろう。

こういうところがある。

〈藤棚に縛りつけて獣医師の往診を仰ぎ、注射を二、三本打ったところで、影虎は外側が溶

けかかった魚をケポッと吐き出した。その腹の中から、ミニカーほどの大きさの、玩具のような河豚《ふぐ》が一匹出てきた。〉

小さな河豚、ということなのだが、それを「ミニカーほどの大きさの」と言う。向田邦子のことだから、特に注文は殺到する外国へは遊びに行くという際のことであるから、そんなにウンウン呻吟して書くわけではない。書き出したら一瀉千里で書きとばすのである。そういう際に、考える手間もなく「ミニカーほどの大きさの」という絶妙の形容がひょいと出てくる。こういうのも天才を実感するところである。

なお、「影虎」という犬の名も、いったいどういうところから思いつくのか、これしかない、というほどうまい名前である。

なお、カッちゃんが達子の家に出入りしていたのは昭和四十年代のことと考えてよいが、薬局で(このばあいは「深夜までやっているスーパー」となっている)、いきなりあらわれて睡眠薬を買いたいという客に、へたをすれば命にかかわるほどの量を売ることはあり得ないはずである。こういうのも使い捨ての「電気紙芝居」(向田邦子の言)を作ってきた人らしいところで、本職の作家なら、カッちゃんが多量の睡眠薬を入手し得たわけを読者が納得できるように書くところである。

第六話「大根の月」。

主人公は、夫と別居して一年ちかくになる英子という女。一年前、五歳のむすこの指を切りおとした。台所でハムを切っているところへ、怪獣のお面をかぶって遊んでいたむすこがとびこんできて、まないたの上のハムの尻尾を取ろうとした。よく切れる庖丁でリズムよく切っていたところだったので、指をきりおとしてしまった。

この時英子は、夫と、夫の母と、この五歳のむすことの四人ぐらしで、二人めの子をみごもっていたが、ショックで流産し入院する。一週間めに家に帰ってみると、むすこは夫の母になつき、英子は居どころがなかった。

夫の母は英子を非難する。夫は、母に同調もしないが、妻をかばいもしない。

ここのところ、作者は、英子に同情的であり、したがって、英子とともに、気弱な夫の態度に不満な筆致である。

しかし読者は、――すくなくとも読者の一人であるわたしは、夫の母および夫の反応は、もっともであろうと思う。夫の母が、可愛い孫の指を切りおとした愚かな嫁をにくむのは当然である。「子供がはしゃいでいるときや愚図っているときは、あたしは絶対に庖丁使ったり天ぷら揚げたりはしなかったわね」と言うのは、さもあるべしと思う。

英子が病院からもどってきたら、母が庖丁を捨てていた。

〈……流しの庖丁の柵《さく》に、見馴れない文化庖丁が一本、差し込んであるのを見たときは、もっとこたえた。

「お姑《かあ》さん」

思わず声が出た。

「あたしの庖丁……」

「ほかしましたよ」

「ほかしたって、捨てたということですか」

姑は低い声で、ゆっくり言った。

「当分は、あんた、そこへ立たんでくださいな」〉

と英子は、庖丁を捨てられたことに驚いているようだが、人の指を切りおとした気持のわるい庖丁をそのままおいといて料理に使う人はなかろう。

夫は母一人子一人で育った男で、だから母にさからって妻をかばう勇気がない、という書きぶりだが、母一人子一人でなくても、かばわないのは当然である。過失だから許せるというものではない。

別居している英子を夫がたずねてきていっしょにラブホテルへ行き、夫が「戻ってくれ。たのむ」と言うところで終わっている。

「大根の月」という題は庖丁づかいにかかわる。英子はそれを祖母から教わった。これは作者自身の経験にもとづいているのだろう。

〈……まだお河童の英子をそばに坐らせ、嫌味なほど鮮かな手つきで菜切り庖丁を使い、膾《なます》にする大根の千六本を刻んでみせた。

膾にする千六本は、まず丸いままの大根を紙のように薄く切るのだが、これがむつかしい。やってごらんと菜切り庖丁を持たされ、言われた通りの手つきで庖丁を動かすのだが、分厚

くなったり、切り損って薄切りの半月になってしまう。〉

この薄切りになってしまった大根が、「大根の月」である。そして英子が結婚前に夫になる男と結婚指輪をあつらえに行った時、空にこの「切り損った薄切りの大根」のような昼の月が出ていた。ハムを切っていた時むすこがとびこんできて手もとがくるって半月状ができ、それを口に入れたとたんむすこの指を切りおとしたのである。

夫の母は完全な東京ことば（標準語）でしゃべるのに、前に引いたところで一か所だけ「ほかしましたよ」と言う。関西出身という設定のつもりらしい。しかし「ほかす」というのは「捨てる」を排除して全面的に用いられるほどのことばではない。「ほかす」がひょいと出てくる人ならもっと発言全体に関西ことばが出ないとつりあいがとれない。テレビドラマなら俳優なり演出家なりがうまく処理してくれるのかもしれないが、小説はだれも助けてくれない。向田邦子に関西ことばは無理なようである。

第七話「だらだら坂」。

向田邦子の金太郎アメ、男が妻のほかに女をつくる話である。『思い出トランプ』では第一話「りんごの皮」、第三話「花の名前」についで三つめになる。

中小企業の社長が、入社試験をうけに来て落ちた娘をめかけにする話。もっともこの娘はなかなかよく書けている。北海道積丹《しゃこたん》半島の出身。大柄で色が白くて手足も胴体もふとくて、なにごとにも鈍重な女。隣家の女にそそのかされて、せっかくの細い目を手術して二重まぶたにする。

そうしたほうがきれいになると思い、はっきり結果が出たあともなお前よりきれいになったと思っている愚かな女である。

もっとも、こういうタイプの女の特徴があまりまんべんなくそろいすぎていて、かえって類型的になった感もある。

高卒でそろばんと字がうまい、とある。東京で入社試験を受けるというからには、たしかな保証人もあるのだろうし、本人ももとより事務員志望なのである。そういう経歴であり、また上述のごとく水商売女の気《け》などかけらもなさそうな娘が、五十男にだまされて体をもてあそばれることはあっても、かこいものになるであろうか、という気はする。

なお、主人公の社長が子どものころを回想するくだりに「叩き大工をしていた父親に連れられて」云々とある。叩き大工は腕のわるい大工をかろんじて言う呼びかただから、「近所の叩き大工に物置を作らせた」などと言うのならいいが、「叩き大工をしていた父親」はおかしい。「藪医者をしていた父親」「大根役者をしていた父親」などと言うのがおかしいのと同じである。

第八話「酸っぱい家族」。

主人公は九鬼本という五十すぎの男。東京郊外の建売住宅に住む。飼猫が鸚鵡をくわえてきて殺したので処置に困り、どこかで捨てようと紙袋に入れてさげ、勤めに出るが、捨てるところがなく、銀座にある勤め先まで持ってきてしまう。捨てどころに困った回想になる。

昭和二十六年ごろ、中野の小さな広告会社に勤めていた。警察予備隊の訓練用教材を作る仕事で陣内という写真屋と知り合い、そのむすめと関係ができた。この陣内の住宅兼写真館というのが「中野駅の裏手にある焼跡に建てた六畳一間ほどの掘立小屋」で、なかにはいると人もものもすっぱいにおいがする。これが「酸っぱい家族」という題の意味だが、よい題ではない。

九鬼本は新聞の求人欄を見て銀座の大手広告会社の入社試験を受け、採用になってむすめと別れた。その時、足が棒になるほど歩いてもそのことを切り出せず、往生した。これが捨てどころに困った回想である。

現在にもどって、鸚鵡の死骸のはいった紙袋は、ゆきつけのバーへ持っていってマダムに捨ててもらうことにした。

最後に一行、「この店にはもうひとつ、捨てなくてはならないものがある」とある。唐突であり意味不明である。あるいは、鸚鵡を捨てるのを依頼するとともにそのマダムも捨てよう、というのをにおわせたつもりなのかもしれないが、ばかばかしい。

若いころの九鬼本の経歴としごとは、ほぼ作者自身の経験にもとづくのであろう。中野駅のそばの社長以下五人の小さな広告会社、簡単な教育フィルムを作ったり商店街の催しものを引き受けたりしていた、というのは、四谷の財政文化社を中野にかえただけなのであろう。警察予備隊の訓練用の教材を作ったとある。向田邦子は事務員だから直接制作にかかわりはしなかったろうが、小さな会社だから一部始終は見ているし、出入りした写真屋も知っているのだろう。風采はあがらないが腕はよい陣内は、『無名仮名人名簿』「胸毛」の、速記者滝口さんを思わせるところがある。

向田邦子は、昭和二十七年に新聞の求人欄で見て、日本橋の雄鶏社の入社試験を受けて採用された。これがこの小説では、九鬼本が銀座の大手広告会社に移ったのにあたる。

警察予備隊が存在したのは昭和二十五年七月から二十七年七月までの二年間である。これはちょうど向田邦子が財政文化社にいた期間にあたる。九鬼本の若いころを叙した部分に出てくる時代指標でたしかなのはこの警察予備隊だけである。「キティだかキャサリンだか、女名前の台風接近を伝えるニュースを聞きながら残業をしていたときだから、夏の終りのことだと思う」とある。キティは昭和二十四年、キャサリンは二十二年だから警察予備隊とはあわない。二十五年のジェーンか二十六年のルースだろう。こういうところ向田邦子はいいかげんで、確認の労をとろうとしない。

〈九鬼本は、その頃買った一枚のレコードを今も思い出すことが出来る。

A面は、当時大流行していた「テネシー・ワルツ」、B面は、サッチモの歌う「薔薇色の人生」である。〉

とあるが、これもあまりアテにはならぬのであろう。大流行した「テネシーワルツ」というのは江利チエミで（二十七年三月発売）、B面は「カモナマイハウス（家へおいでよ）」であろう。「薔薇色の人生」というのは知らないが、ルイ・アームストロングが来日したのは二十八年の暮だからもうすこしあとなのではなかろうか。あるいはサッチモのテネシーワルツがあるのかもしれないが、それでは「大流行」とあわなくなる。

向田邦子を九鬼本に変えて、例によって大学卒にしたために、すこしおかしい。九鬼本は昭和二年前後の生れという設定だから旧制である。大蔵省に友人がいるのだから東大の多分法学部ということになろう。在学中いかに演劇に熱中していたにしても、社長以下五人の広告会社はちょっとおかしい。もっとも向田邦子はそういうことはすこしも考えずに「大学を出て」とか「大学時代の友人」とか書くのである。

時代感覚があるようでない。無造作に現在のモノサシで人物をつくる。昭和五十年代の若いものはどこかの大学を出ているのがあたりまえだから、三十年前の青年も同じことにしてしまう。あるいはそういうことにしといたほうが今の読者にわかりよいだろうと思うのかもしれない。だから「りんごの皮」の時子も大学、「花の名前」の夫も大学（でなければ「経済学原論」は出てくるまい）、「かわうそ」の宅次も大学、「大根の月」の夫も大学（ただし母子家庭ゆえ夜間）、「酸っぱい家族」の九鬼本も大学、と必然性もないのにみな大学にしてしまう。今の男の子はたいがい髪をのばしているから昭和二十年代の男の子もそうにきまっていると、敗戦直後のころの国民学校や中学校の生徒の頭をみな長髪にするテレビドラマと同じである。写真を見れば当時の男の子は大部分くりくり坊主で髪をのばした子はすくなかったことがわかる。同様に、昭和二十年代には、大学卒の青年の割合はごく小さかったのである。

「酸っぱい家族」にはもっとひどい疎忽もあった。九鬼本の家は「私鉄沿線」とはじめにある。ところが勤めに行くのに荻窪駅へ行き、国電に乗る。だれかが注意したと見えて単行本では「かなり郊外」とあらためてある。

第九話「マンハッタン」。

主人公は睦男という三十八歳の男。父親は二十年前に女をつくって出て行き、その後ゆくえ知れずらしい。睦男は歯科医の女と結婚したが、最近になって勤め先の会社がつぶれて失職、妻は男をつくって出て行き、アパートでひとりぐらしである。近所に「マンハッタン」という名のスナックができ、そのママがお目あてで毎日かよっていたが、ある日行ったら店じまいしていた。もう一人常連の客がいたが、それがママの夫であったとのこと。その夜、こうもり傘修繕の老人が来た。どこかで見た顔だと思ったら、どうやら父親らしい、という話。金太郎アメの二階だて、とるにたりぬ作である。

四　罪あるもの

第十話「三枚肉」。

時は昭和五十五年ごろ。ところは回想もふくめて東京。主人公は半沢という「五十にはまだ間がある」年齢の、どこかの部長。一年ほど前、秘書の大町波津子（二十四五歳くらい）と関係があった。その波津子の結婚式に妻といっしょに出席し、帰宅すると、多門という、大学時代の親友がたずねてきていた。予告もなく突然やってきて、あがりこんで待っていたのは、「胃腸専門のドック」にはいることになったからで、当人としては、これっきりになるかもしれない、と悪い予感があるゆえらしい。

多門はわかいころに自殺しかけたことがある。理由は、「にっちもさっちもゆかなくなって」「八方ふさがり」などとあるのみで、具体的には書かれていない。そのまた前、清瀬あたりの結核療養所にいたころ、みまいに来た半沢の恋人幹子（現在の妻）と、療養所の林のなかで関係をもったことがあるらしい。

半沢夫婦と多門とは牛肉と大根の煮つけを食う。その牛肉が「三枚肉」で、「三枚肉というのは、牛の肋《あばら》のところで、肉と脂肪が三段ほどに層になったところである」と説明がある。この三枚肉は、「肩も胸も腰も薄い」娘（かつての半沢の妻がそうであった。波津子もそうである）が、歳月とともに「したたかな肉と脂の層」をもったたくましい女になる、といった意味を附与されている。「幹子がなにも言わないように、波津子もなにもしゃべらず年をとってゆくに違いない」と半沢は思う。

これもずいぶんズサンな小説である。

まず半沢の勤め先が変である。多門が「お前のとこみたいな親方日の丸と違って」云々と半沢に言っている。昭和五十五年ごろの話だから、「親方日の丸」と言えば、国鉄、電々、専売、あるいは住宅公団あたりということになるが、「女子社員」とか「社用」とかいうところもあって、ふつうの民間会社のようである。作者は「親方日の丸」というのはつぶれる心配のない大企業の意だと思っているのだろう。

昭和五十五年ごろに「五十にはまだ間がある」すなわち満四十七歳前後と言えば、昭和八年ごろの生まれである。敗戦の年に六年生か、せいぜい中学一年生くらいである。ところが「戦後の新円切り換えの苦しい時期に、軍隊毛布でオーバーを作ったりする母親の内職で大学へやってもらった」とある。新円切り換えは昭和二十一年の初めである。まるで年数があわない。

またこういうところがある。

〈二十五年ほど前のことである。

学校を出て、かなりいいところへ就職が決ってすぐ、多門は結核にかかった。

とりあえず一年休職して、郊外の療養所へ入った。話題の新薬が出廻りはじめた頃でもあり、もう死病でなくなっていたが、入社して一年にも満たなかったから、戦線離脱と同じであった。〉

昭和五十五年から二十五年ほど前は昭和三十年ごろである。ストレプトマイシンが普及して結核がこわいものでなくなるのは二十八年ごろからだから話はあう。半沢と多門は二十九年前後のころに大学を出た世代と考えてよい。新制のごく初期である。昭和五六年ごろのうまれということになるから、五十五年に「五十にはまだ間がある」という設定とおおむね齟齬しない。が、上にも言ったように敗戦直後新円切りかえの時期に大学生であったというのは話があわないのである。

言うまでもなく、人はだれでも、その時の年齢までの年数を生きてきた存在である。ところがその経歴がデタラメでは、人物が、生きてきた年数の厚みを持ち得ない、すなわちイメージを結び得ないのである。

「戦線離脱」の意味がもうひとつよくわからない。会社の業務から離脱するということか。それとも同期に入社した仲間たちとの出世競争に立ちおくれるということか。

多門が自殺しようとするくだりにこうある。

〈出たり引っこんだりはあったにしろ、半沢はそれから一年ほどで幹子と所帯を持った。多門も療養所から戻り、三月ほど下宿でぶらぶらしてから、いまの会社へ入り直した。多門が八方ふさがりの時期といったのは、この頃のことだと察しがついた。〉

これも解せない。半沢と多門とは一流の大学を出たエリートである。半沢が四十代なかばで国鉄か大企業かの秘書つきの部長になっていることからもそれは察せられる。多門も大学を出て「かなりいいところ」に就職している。結核にかかり、休職して療養所にはいり、本復して出てきて、なぜもとの会社にもどらないのか。

猫もシャクシも大学へ行くようになった時代ではない。大学出の社員は会社の大事な財産である。なおって出てくるのを待っている。その間の療養費はもちろん会社から出るし、所属部署なり厚生課なりがたえず連絡をたもっている。当時療養所経験のある優秀な会社員はいくらもいた。なおったのに会社をやめて、下宿でぶらぶらしたり、別の会社にはいりなおして八方ふさがりでにっちもさっちもゆかなくなったりする必要はすこしもない。入社早々病気で長期休職したら多少不利かもしれぬが、やめてほかへ移ればもっと不利で居心地がわるいにきまっている。

多門は自殺の準備をしたあと、半沢から借りていた本をかえしにゆく。その途中のようす。

〈東京の街はまだ暗かった。焼けあともまだ残っていた。焼け残った庇《ひさし》の低い家のなかから、赤んぼうの泣き声が聞えた。内風呂の湯を落したのか、湯垢のまじった人恋しい湯気が、ドブ板の間から立ちのぼった。〉

このにおいで多門は自殺をやめるのだが、これはさきにひいた「手袋をさがす」とほぼ同文である。

自分の文章を自分で再用するのだからさしつかえはないとは言うものの、安易なことである。

うある。

「三枚肉」はできのわるい作品だが、しかしまた同時に、最も「随筆に書けないことを小説に書いた」思い出トランプらしい作である。波津子が半沢といっしょにホテルへ行ったくだりにこうある。

〈気まずい思いでならんで横になっていると、波津子が黙って半沢の手をとり、シーツの下の自分の腹に導いた。

盲腸のあたりに蜜柑の種子ほどの小さな突起というか引っつれがあった。指の腹でさわらせてから、波津子は中学二年の春のことを話した。

クラスでレース編が流行《はや》っていた。

授業中もうしろの席で手を動かす生徒がいたので、学校で編むことは禁止されたが、みな教師の目を盗んで編んでいた。掃除を怠けて編んでいたところを担任のオールドミスの女教師に見つかりそうになり、あわててスカートのポケットに仕舞い、ひとつなぎの動作で床にしゃがみ雑巾がけをしようとした途端、銀色の鉤針の先が腹に突き刺さった。

すぐ医務室にかつぎ込まれたのだが、田舎の校医の処置が不手際だったのか体質だったのか、あとがケロイドになって残ってしまったという。

半沢のバツの悪さをかばって、波津子は自分の一番のひけ目を教えている。その晩、半沢は十年ほど若返えった自分に驚いた。〉

波津子は昭和五十五年に二十四五であろうから、中学二年は四十年代のなかばごろである。しかしここの描写は、「担任のオールドミスの女教師」と言い「床にしゃがみ雑巾がけ」と言い「銀色の鉤針」と言い、むしろ昔の女学校である。作者の経験そのままなのであろう。

なお単行本では、「担任のオールドミスの教師」と「女」を削っている。だれかがオールドミスと言えば女にきまっているじゃないかと言ったのだろうが、「オールドミスの女教師」は女学校らしい言いかたでわるくない。

また単行本では、「……残ってしまったという。」のあとに一行、「酸漿《ほおずき》に爪楊子《つまようじ》で穴あけるとき、ブツッっていうでしょ。あれと同じ音がしたわ」と波津子のせりふがつけくわえられている。その音がきこえるようないいせりふであるが、この「酸漿に爪楊子」も女学校の生徒にふさわしい。

寝床にならんで横たわって腹のひっつれに男の手をみちびくやせた娘は、なまなましく、いたいたしい。これこそは『思い出トランプ』のなかでもめずらしい、作者自身の若いころの、性にかかわるかなしい記憶なのだろう。若いころ、といっても、森繁久彌の眼光にあやまりないとすれば、すでに三十のなかばをすぎていたかもしれない。とすれば、いっそういたましい。

これは、半沢と波津子の二度目の際である。

一度目は、もともとはそういうつもりではなく、しごとのことで半沢が波津子を食事にさそい、どたんばで縁談がこわれて精神の平衡を失っていた波津子が半沢を「ゲームセンター、つき合ってください」とつれて行って銃をうちまくり、そのあと酒を飲んでホテルへ行くことになったのである。

そのあと――。

〈ちょうど一週間目だったろうか。

書類にサインを貰いにきた波津子は、

「ダダダダ」

と呟いて席に戻っていった。〉

最初わたしは何のことともわからなかった。察しのいい読者には自明と思うが、わたし同様この方面にうとい読者のために蛇足的に説明すると、「ダダダダ」というのは銃をうつ音で、つまり「ゲームセンターで待っています」の意なのだ。

この「ダダダダ」と、もう一つ『男どき女どき』「嘘つき卵」の「ジャンケン」、この二つは、心の底から感歎した。

もしこういうことを、空で思いつけるのだとしたら、作者は天才である。しかしやはり、まったくこの通りではないにせよ、何か似た体験があるのではなかろうか。いかに天才でも、空から思いつけるとは信じられない。男女のことは、すごいせりふを生むことがあるものである。

なお、「書類にサインを」は「書類に判を」であろう。部長は通常、姓をほった大きめの丸い判を持っていて、書類の「部長」の欄に押す。サインはアメリカの会社か何かみたいである。

第十一話は「はめ殺し窓」。『小説新潮』昭和五十五年十二月号に掲載。

時は昭和五十四年の晩秋。所は東京の住宅地。主人公は江口という五十代前半の男（すなわち昭和初めのうまれである）。会社員で、ついこのあいだまで営業部長だった。妻と二人ぐらし。むすめが一人ある。二十五歳。結婚して四歳くらいの男の子がある。

ある日、会社から帰るとむすめが来ていた。夫に恋人のあることがわかり、おこってとび出してきたらしい。その夜妻はからだぐあいがわるくなり、かかりつけの医師に往診にきてもらった。診察してもらいながら妻は医師に甘い声を出している。

これに回想がくわわる。――江口の母は大柄で色白の美人だった。男好きで、夫（江口の父）のつとめる会社の給仕と関係があった。江口は父に同情していた。江口のむすめはその祖母に似た色白の美人なので心配していたが、浮気をしたのはその夫で当人は被害者、と聞いて、江口は意地のわるい喜びをおぼえる。

三代にわたる金太郎アメ（ないし金太郎まがい）の話である。江口の母（ほんものの密通）、妻（これは気持だけ）、むすめ（ただし浮気したのは意外にもその夫）。

会社の給仕で苦学生、というのは多少作者の父の面影をかりていよう。江口がこどものころ、その給仕が「お座敷ブランコ」をゆらしてあそんでくれた、とある。作者が幼少のころ、家にあったのだろう。

これも粗雑な作である。江口は東京育ちだが、母と給仕との仲が父に露顕して給仕が家へ来なくなったあと、母は二階の「はめ殺し窓」から、すぐ前の高等学校の運動場で生徒が上半身裸で体操するのをじっと見ていた、とある。昭和十年ごろのことである。当時の「高等学校」は帝国大学の予科であって、全国に三十校くらい、東京では本郷向ケ岡の第一高等学校（一高）など数校しかない。ここで江口の母が見ているのは中学校である（いまの義務制三年、男女共学の中学校ではない。戦前の「中学校」は五年制の男子校)。その中学校のことを、昭和五十年代のつもりで「高等学校」と書いているのである。テレビドラマならそれで通用するのであろう。いまそこいらじゅうに高等学校があるのだから昭和十年も当然おなじこと、と思っている人たちを、テレビドラマは相手にしているのであろう。向田邦子はひさしくそういうところでしごとをしてきた人であるから、小説でむかしのことを書く際にも、「当時はどうであったか」を考慮することなく、なにごとも今とおなじ、として書いてしまうのである。

第十二話「綿ごみ」(単行本では「耳」と改題)。

これはかわった小説である。

主人公は楠《くすのき》という五十歳前後の男。妻、二十歳前後のむすことむすめの四人ぐらし。

この楠が、かぜで会社をやすんで家で一人水枕をして寝ているうちに錯乱状態になって、押入のなかのものや、こどもたちの机のひきだしのなかのものを、かたはしからほうり出してあばれる話である。

楠には弟がある。片方の耳がきこえにくい。それはこどものころに自分が傷つけたからではないか、といううたがいを、楠はずっといだいている。ただしふだんは、そのことは考えないようにしている。それが、病気で一人寝ている時に突然強くおそってきて、錯乱をもたらしたのである。

楠がこどものころ、隣に二つ三つ年下の女の子がいた。耳たぶに小さなイボがあり、それをとるために、イボの根もとをいつも赤い絹糸でくくっていた。幼い楠は、その耳のなかをのぞいてみたいと思った。マッチをすって女の子の耳に火を近づけると、炎は耳の穴にすいこまれた。とたんに弟が大声で泣き出した。弟は中耳炎になり病院へかよった。――自分は、隣の女の子のかわりに弟の耳にマッチの火を近づけ、それが鼓膜をいためて弟は片耳がきこえなくなったのではないか、そういう疑念がつねに楠の胸にあるのである。弟は小さかったから何もおぼえていない。母は事情を知っていたはずだが、「中耳炎」でとおし、原因については何も語らなかった。

そういう話である。

かぜで会社をやすみ、一人で家にいる楠が、妻の茶羽織のたもとの綿ごみを天眼鏡で観察すると、なかに赤い絹糸が一本まじっている。そのことから、隣の女の子の耳たぶのイボをくくっていた赤い絹糸、そして弟の耳の穴、と連想がのびる。「綿ごみ」という題は連想の出発点からとったのだが、主題は弟の耳だから、あとで「耳」と改題したのだろう。

耳たぶのイボをおとすために糸でしばっていた女の子、というのは、おそらく実際に、作者がこどものころ、近所か、それとも学校の同級にあったのだろう。

そしてそのこととは別に、弟か、妹か、それとも近所の子か、だれか自分より年下の子の小さな肉体上の問題の、原因は自分がつくったのではないか――といううたがいを作者は数十年にわたってひそかにいだいていて、平生はつとめてそのことを考えないようにしているが、何かの折にそれが強くおそってきて、「おうおうおう」と呻きだしそうになることがあったのかもしれない。そういうことはだれにも――というほどではなくとも、すくなからぬ人の心のなかにありそうに思える。

ただし、主人公楠の罪悪感を強調するために、ことを大げさに書きすぎている。――片耳がきこえにくいことは弟の性格に影響し人生をゆがめた。一流大学、一流企業ははじめから敬遠した。結婚したのは四十ちかくなってからで、相手は「ごく軽くだが片足を引く」。いまは北海道で「小規模だがチーズを作って暮している」云々。

いささか滑稽である。わたしの友人にも、片方の耳がきこえにくい（あるいはきこえない）者は何人もあるが、実生活上それほど支障があるわけではなく、もちろん一流大学にも一流企業にもはいっているし、ふつうに結婚してもいる。外国語の教師になって学生の発音をビシビシなおしているのもいる。ぐあいがわるいのはバスや電車の座席で、きこえないがわにいる人から急に話しかけられた時ぐらいのものだが、友だちといっしょの時には、はじめからうまく友だちがきこえるがわに来るようにすわるから、当人が「おれこっちの耳がきこえにくいんだ」と言わないかぎりなかなかわからないものである。概してふつうの者より声がおおきいから、むしろ「元気のいいやつ」という印象をあたえる。友人の細君は「この人とは内証話ができなくて困る」と笑っている。耳がきこえにくいゆえではなく声が大きいからである。もちろんなかにはこの小説の弟のように「性格にも影を落しているようで、口数がすくなく、依怙地《いこじ》」という人もあるだろうが、それは多分、もともとそういう傾向の人なのであろう。

第十三話「ダウト」。

主人公は塩沢という会社常務、四十七歳。父が病死したその葬儀の夜。乃武夫という、塩沢のひとまわり下のいとこが来た。定職についたことなく、あぶくのような利益をもとめて芸能界をわたりあるいている軽薄な男で、塩沢はこのいとこが大きらいだが、女たちには人気がある。『無名仮名人名簿』の「金覚寺」に出てくる青年あたりがモデルなのだろう。

塩沢はこの男に弱みをにぎられているのかもしれない。にぎられているのかにぎられていないのか、ハッキリしないところが「ダウト」なのである。

塩沢は一年前、前の常務を追いおとしてその椅子をしめた。会長に作り声で電話して常務の非違をあばいたのである。地位をうばわれた前常務は、そのあと半分自殺のような死にかたをした。その密告電話は妻が不在の晩に会長の別荘にかけたのだが、かけおわって気がついてみると、乃武夫が台所で水を飲んでいた。乃武夫はこの件について何もいわないので、電話をきかれたのかきかれてないのかわからないのである。

葬儀の夜、塩沢は乃武夫に因縁を付けて挑発した。怒らせて、なんとかあの晩のことを言わせようとしたのである。しかし乃武夫はやはり何も言わずに眠ってしまった。ダウトはダウトのままである。

会社員の世界で地位をめぐるあらそいというのはあるのだろうが、当人が作り声で会長に電話するというのはあんまり幼稚な感じがする。塩沢は平取締役で、つぎの常務の候補なのだろう(現常務が失脚しさえすればあとをつけるのだから)。取締役ともなれば会長と話すことはいくらもあり、会長はその声や話しかたも知っていよう。ハンカチを口にあてて作り声をするくらいで他人になりすますことができようとは思えない。なにしろ現常務が地位をすべることを待ち望んでいることがだれの目にも明々白々のたちばにある人間なのであるから——。

五　お嬢さんの視界

『思い出トランプ』は、さきにのべたごとく、『銀座百点』連載（『父の詫び状』）のうらがえしである。大情況はフィクションで、小情況に自己の真実を書くはずであった。

最初の二作、「りんごの皮」「男眉」はまさしくそうである。

「りんごの皮」は、現在の自分から人気テレビ作家という側面を取り除き、性に関することがらをつけくわえたものであった。しかしその性の象徴として入場券だのりんごの皮だのを持ちこんだために、晦渋でわかりにくいものになった。主人公の生活様態も不自然である。それはそのはずで、向田邦子の生活様態は、地位も名声もあり、十分な収入もあるテレビ作家として円満具足している。その不可欠の要素を取り去って五十の女事務員にしては人物像が成り立たない。

「男眉」は魅力のとぼしい女を書いたもので、これも向田邦子の一面である。「りんごの皮」のごとく晦渋でも不自然でもないが、いかにも地味で、話としておもしろみにかける。

この二つが失敗であったことは作者自身が最もよく意識していたろう。

――なお蛇足ながらつけくわえる。魅力のとぼしい女というのは、向田邦子がその経歴上で出会った男の反応から見て、自分はそうなのではないかと思っている、ということである。人の魅力というのは、その人と接する、あるいは観察する者によって差が大きく、とても一概に言えるものではない。たとえばわたしにとっては向田邦子はこの上なく魅力的な女であり、だからこんな本を書いているのである。

第三話からは趣向がかわって、結構の巧緻を売りものにする作になる。主人公もだんだん五十男になり、その五十男の目から見た描写になる。『思い出トランプ』の「思い出」は、単にどこかで、その主人公である男の回想場面が出てくる、というほどの意味になる。つまり、総題『思い出トランプ』の「思い出」のさすものが、当初のもくろみとはちがってきたのである。

ただし作者は、堅実に五十の年輪をかさねてきた、しっかりした、えがくに足る男を知っているわけではない。だから、さまざまな五十男が出てくるのではない。相応の会社の相応の地位にあるらしい東京のサラリーマンばかりで、その経歴も判で押したように大学を出ているほかはあやふやで、その葛藤ないし波瀾といえば妻のほかに女ができることだけ、すなわち金太郎アメである。人物に厚みがなく個性がなく、したがって印象がうすい。どの作の主人公もおなじような連中で区別がつかない。

向田邦子は都会のいい家に育ったお嬢さんである。――この「都会のいい家」というのは、貧しさに起因するわずらいがないだけでなく、複雑な親族関係や近隣関係のわずらいがないことをもふくむ。

向田邦子の随筆を見ると、そもそもこの向田家には「一族」というものがない。あるいは、非常に稀薄である。父かたは、「未婚の母」である祖母が昭和十九年に死ぬまで同居していただけで、ほかにはだれもいない。母かたは、指物大工の祖父母が麻布市兵衛町にいて、何人か母のきょうだいがあるらしいのだが、向田家にかかわりを持ち影響をおよぼすというほどのことは何もなさそうである。向田邦子の随筆には「おじさん」「おばさん」さえ一人もあらわれないし、いとこも出てこない。まことにスッキリとした都会の核家族である。父親がしっかりした会社のいい地位にいるから経済的な心配がない。父も母も、四人のこどもがいのち、という人で、こどもたちは両親の愛と保護につつまれている。その上めずらしいことに、敗戦までずっと東京にいながら戦災にもあっていない。

つまり、複雑面倒で表裏があり魂胆のある「世間」というものをほとんど知ることなく育っている。「都会のいい家のお嬢さん」というのはそういうことである。われわれ地方の者が東京の大学にはいった時に、予想に反して東京の子が純で、すなおないい子が多いのを意外に思ったのはそのゆえであった。

であるから、さまざまな種類の人間を知らない。随筆でメルヘンの世界をつくるにはそれがさいわいしたが、小説では逆にはたらく。人間の葛藤、となると、男女のこと、夫が外に恋人をつくるとか、妻が夫以外の男と関係を持つとかの問題以外には、思いうかぶものがなかった。

ふしぎに思うのは、向田邦子の作品には軍隊帰りの男が一人も出てこないことだ。――ここで軍隊帰りというのは、戦場帰りというより広い意味である。陸軍の士官学校や幼年学校、海軍の兵学校、機関学校、あるいは飛行予科などといった、学校や訓練課程にあって敗戦をむかえた人たちをもふくむ。

向田邦子は昭和二十五年に学校を出て、十年間会社づとめをした。その後も社会的な場でしごとをした。

あの時代の日本に充満していたのは、あるいは日本の社会をささえていたのは、何百万という軍隊帰りの男たちであった。わたしは向田邦子よりすこしおくれて社会に出たのだが、すこし年上の人たちはたいてい軍隊経験があった。

向田邦子のまわりにも数多くいたにちがいないと思う。なのに作品には出てこない。『無名仮名人名簿』の「桜井の別れ」に「親戚にも復員軍人がいたが」云々とある。また『思い出トランプ』の「りんごの皮」に「男たちは復員服を着ていた」とあるが、これらはそういうことばがチラリと出るというだけで、作品の登場人物というほどのものではない。

どうも向田邦子という人は、男の人とのつきあいがほとんどなかったのではないかと思う。ここで言うつきあいとは、男と女のつきあいということではなく、社会人としてのつきあいである。無論しごとにかかわる面のみのつきあいはいくらもあったろうが、もうすこしその人のけみしてきた人生について聞くことのあるようなつきあいがなかったのではないか。

けみしてきた人生、といっても、何もそう深刻な意味ではない。「蛙や蛇はごちそうだったですよ」とか、「うっかりしゃがむと前のやつがたれたクソが氷ってとんがってるのでケツをつきさしちゃうんだ」とか、あるいは「うしろから射たれて死んだ将校もありましたね」といったたぐいの話を、当時は無数に聞いた。

大学を出ている人ももちろんすくなからずあったが、その経歴はみなどこかでよじれていた。あるいは脇道をしていた。途中で軍隊に行って敗戦後復学したとか、軍の学校にいて戦後ふつうの学校にはいりなおしたとか。

そういう話を聞いて、戦争中から敗戦後にかけての時期に青年であった人たちの実人生を感じることができるのだった。それが、向田邦子が社会に出て、つきあったとすればつきあったであろう世代の男たちなのである。

ところがそういう男がまるで出てこないというのは、そういう男を知らないのであろう。つまり男の人とのつきあいがなかったのだろう。知っていれば、ちょっと一筆そうした閲歴を書きこむだけでも人物の実在感がちがってくる。

どうも向田邦子という人は、ほんとうによく知っている男は自分の父親以外にはなかったのだろうと思う。

もっともその父親もお父さんとして知っているだけで、当人が精魂をかたむけたに相違ない事業の方面については、まったく知らなかったのであろうが。

たとえば、徴兵保険会社が敗戦後にそれまでの掛金をどう処理したのか、どう生きのこりを策したのかなどは、おなじ会社員の話としても、毎度おなじみの、女ができたの、アパートへころげこんだのよりもよほどおもしろい話にちがいないが、そういうことはすこしも知らないようである。

『思い出トランプ』十三篇中、第一の秀作は「かわうそ」である。これはずばぬけている。向田邦子がつくり出した永遠の典型である。

「犬小屋」はむしろ『父の詫び状』的な題材で、達子の家は向田家であり、動物好きの作者が自分の飼っていた犬を書いているのだから描写がいかにも堅実で、作として手がたい。

「だらだら坂」は金太郎アメの一つだが、男が小企業のおやじ、というのが異色だし（大学が出てこないだけでもたすかる）、何よりトミ子という女の印象が鮮明である。場所を坂の途中としたのもよかった。

右三作がベストスリーである。

第十二話の「綿ごみ」（「耳」）と第十三話の「ダウト」は、最初から考えてあったものだろう。「綿ごみ」は、自分は罪深い存在なのではないか、といううたがいに苦しむ人物を、「ダウト」は自分の卑劣さをえぐりださずにはいられない人物を書いている。これらは、かつての私小説があつかった問題であり、あるいは向田邦子が好きであった夏目漱石の作品、たとえば『こころ』がとりあつかった問題である。作品として成功したものではないが、向田邦子が書いた小説のなかでは最も深刻なテーマをもつものである。

個々の場面としては「三枚肉」の波津子が男の手を自分の腹にみちびくところが秀抜である。波津子の話は、昭和四十年代の男女共学の中学校の話としてはおかしいが、昭和十年代の女学校の話として読めばよい。テキストは「酸漿《ほおずき》に爪楊子《つまようじ》……」のせりふのある単行本のほうがよいが、「オールドミスの女教師」のところは「女」のある初出のほうがよい。

人物は「かわうそ」の厚子がとびぬけている。ついで「だらだら坂」のトミ子。男では、「犬小屋」の魚屋のカッちゃんと、「酸っぱい家族」の写真屋陣内。この二人は作者がかつて接した（あるいは見た）ことのある人物にもとづいて造型したのだろう。ことに陣内はそうにちがいない。短い描写だがよく書けている。それに「だらだら坂」の庄治。これは空想でつくった人物らしく類型的だが、一応目鼻だちをそなえた人物になっている。

『思い出トランプ』は、昭和五十五年の十二月、新潮社から単行本になって出た。

第十三話「ダウト」が掲載されたのは『小説新潮』の五十六年二月号である。発行はこの年の正月あけくらいだろう。

単行本は、奥付によれば「昭和五十五年十二月二十五日発行」だが、この日づけよりすこし前に書店に出るのがふつうだから（関係方面におくられるのはさらにはやい）、つまり掲載誌よりもだいぶ前に、それを収録した単行本が出てしまったわけだ。異例のことである。向田邦子は五十五年七月に、この『思い出トランプ』の、第三話「花の名前」（『小説新潮』四月号）、第四話「かわうそ」（同五月号）、第五話「犬小屋」（同六月号）で直木賞をうけている。それをおさめる単行本を出せば売れることがわかっているから版元は刊行をいそいだのだろうが、それにしてもそのころの、向田邦子の人気のほどが知れる。

単行本にするにあたって、向田邦子は配列を「シャッフル」した。雑誌掲載順とともに左にかかげる。上段が発表順、下段が単行本の配列である。

第一話	りんごの皮	1	かわうそ
第二話	男眉	2	だらだら坂
第三話	花の名前	3	はめ殺し窓
第四話	かわうそ	4	三枚肉
第五話	犬小屋	5	マンハッタン
第六話	大根の月	6	犬小屋
第七話	だらだら坂	7	男眉
第八話	酸っぱい家族	8	大根の月
第九話	マンハッタン	9	りんごの皮
第十話	三枚肉	10	酸っぱい家族
第十一話	はめ殺し窓	11	耳
第十二話	綿ごみ	12	花の名前
第十三話	ダウト	13	ダウト

自信作を初めのほうにならべたのは例の通りである。シャッフルしたために当初の意図がわか

らなくなっているのは『父の詫び状』のばあいと同じである。

六　トランプ以後

『思い出トランプ』がおわって四か月あいだをおいて、同じ『小説新潮』の昭和五十六年七月号から連作短篇『男どき女どき』がはじまった。形の上では『思い出トランプ』のつづきだが、ずっと軽く、『思い出トランプ』のごとく意欲的なものでもない。

第一話「鮒」は金太郎もので、女をつくってそのアパートにかよっていた塩村という四十二歳のサラリーマンが、女と手を切ったあと、いつも情事の場を見ていた鮒を女が返しにくる話。

ポリバケツに水をみたして鮒をいれたのを、塩村の一家が家にそろっている小雨模様の日曜日に持ってきて、台所口からはいって黙っておいて出て行った。

塩村と女はいつも銭湯へ行って、帰りにはかならず喫茶店に寄った、とある。そして、「湯上りに一糸まとわぬ素裸で、太極拳の真似をして、ツユ子を笑わせ、そのままふざけて抱き合った」とある。ふろ屋の帰りに喫茶店に寄って、コーヒーとソーダ水を飲んで、それからアパートにもどってあらためて湯あがりだからと素裸になるらしいのだが、わたしなどは、「湯あがりの素裸」と言えば、ふろからあがって衣服を身につけるまでのあいだ、という気がする。

話のおしまい、塩村は小学生のむすこをつれて女のアパートへ行く（女は越したあとだった）。そのあいだに、むすこのかわいがっていた鮒が死んだ。帰宅したむすこは、母親に「パパとどこへ行ったの」ときかれて、鮒の死骸をつつきながら「ワン！」と言う。ここはうまい。さすがに凡手でない。

第二作「ビリケン」。石黒という五十すぎの会社員が、毎朝出勤の途次に果物屋の前を通る。その店のビリケン頭のおやじが、三十年前石黒が万引をした神田の古本屋のむすこだった、という話。

例によって三十年前どちらも大学生とある。昭和二十年代の古本屋の、はじめから店をつぐときまったむすこが通常どういう修業をしたものか、しらべて書いたらすこしはほんとうらしくなったかもしれないが、忙しいから何でも全部大学生にしてしまうのである。

ビリケンが死んだあと家へ行くと、へやの三方が天井まで本箱で分厚い本がぎっしりつまっている。「初版本、稀覯《きこう》本のたぐいらしい」とある。本の背中だけ見て初版か再版かわかるものではない。「分厚い」というから学術書の類なのだろうが、ならば初版がありがたいわけのものでもない。

第三話「三角波」は男の同性愛の話らしい。

第四話「嘘つき卵」は、結婚して五年たってこどものできない夫婦が、どっちに責任があるのかすったもんだしたすえ妊娠する話。

これに、前に言ったラブホテル前の「ジャンケン」が出てくる。

夫と関係のあるらしい女が「ママ」をしているバーへ、妻が探索に行く。居あわせた写真家が妻の写真をとる。一週間後同じ店へ写真をもらいに行く。いっしょに出てしばらく歩き——

〈男が急に足をとめた。

「ジャンケン」

と言いながら、片手を振って誘うしぐさをした。

「ぼくが勝ったら、入りましょう」

ラブ・ホテルの前だった。〉

という場面である。妻は、ジャンケンのしぐさをし、「ポン！」と言いながらグーもチョキもパーも出さずに逃げ出す。空想で、こんなにうまい、人の意表をつくささそいかたを思いつけるとは信じられない。だれかに聞いたのか、それとも作者自身こんなふうに逃げ出したことがあったのだろうか。

「鮒」の「ワン！」と「嘘つき卵」の「ジャンケン」は生彩がある。

『小説新潮』に『思い出トランプ』『男どき女どき』を連載中、文藝春秋の読みもの雑誌に小説を三つ書いている。『別冊文藝春秋』に書いた「下駄」、『オール讀物』に書いた「胡桃の部屋」「春が来た」である。いずれも、『小説新潮』のものよりはだいぶ長く、小説ではあるが、テレビドラマのすじがきに近い感じのものである。

「下駄」は金太郎もの。主人公は柿崎浩一郎という四十歳前後の美術雑誌編集者。この柿崎の前に突然、異腹の弟があらわれる。亡父が二十年前に小料理屋の仲居に生ませた子で、浩司と言い、ラーメン屋の出前持ちをしている。中学生の時に母が病死し、天涯孤独である。この浩司が、やっとただ一人の肉親を見つけたというので、べたべたとくっついてくる。無下にもできず、柿崎は甚だ困惑する。そのいきさつをおもしろく書いてある。この浩司という、善良ではあるのだが妙に押しのつよいところのある青年が、なかなかよく書けている。

浩司はいつも下駄をはいている。それに顔が四角いので仲間うちのあだ名を「下駄」という。題はそこから来ている。

「胡桃の部屋」も金太郎。主人公は桃子という三十歳の編集者。未婚。父親が家出をして、おでん屋をやっている女と同居してしまったので、一家の柱になった。その奮闘ぶりを書いたものである。

昭和五十年代の話なのだが、ディテイルは三十年くらいも前の大時代である。父に出て行かれて、母は内職に近所の仕立物をひきうけてミシンを踏んでいるとある。ミシンというからには洋裁であろうが、和裁ならば知らず、洋服の仕立を近所の主婦にたのむ人は、この時代もうなかったのではないか。父親は夜学の出身で苦労したから弟はどうしても昼間の大学に入れたい、とある。つまりはたらきながら学校へかよう「苦学」はさせたくない、というつもりなのだろうが、二部の学生が勤労青年であったのはもうすこし前のことである。それにそもそも、この桃子という女の、髪ふりみだしての奮闘ぶりが大時代なのである。家庭婦人の内職と言い、二部の学生のことと言い、概して作者は、設定した時代の実情を考慮するというより、若いころに得た観念でものを書く傾向が強い。

おしまいに、実は父と母とは渋谷のハチ公でデートして道玄坂のラブホテルへ行っていた、とある。

これは、さきにのべた『無名仮名人名簿』「おばさん」の同工異曲である。

「春が来た」は、むすめの恋人が一家の恋人になり、青年が毎週来るようになってから、生気のなかった一家が急に明るく生き生きとしてくる、という話を滑稽ドラマのタッチで書いたもの。なかなかおもしろく書けている。

「胡桃の部屋」は愚作だから別として、「下駄」にせよ「春が来た」にせよ、話のはこびはうまいものである。こういった話のすじのおもしろさだけのものなら、この人はいくらでもつくる才力を持っていたのだろう。

第五章　ドラマと活字

一　駆り出される台本

この本でわたしは向田邦子の「文章をもって完結している作品」のみをとりあつかっている。言いかえれば「向田邦子が文章で勝負している作品」である。

ふつうの作家ならばそれは当然のことで、何も問題はない。しかし向田邦子は、テレビドラマの台本つくりが本業で、随筆や小説は余業であった。「テレビのドラマを書き、片手間に随筆を書いていた五十過ぎの女が、これまた片手間で書きはじめた短篇小説で思いがけない賞をいただいたことは」云々と当人が言っている（「直木台風」）。随筆は片手間で、小説はそのまた片手間なのである。

本職のほうにもすこしはふれるべきであるのかもしれない。本業と余業と言っても、お医者さんが絵をかくとか、相撲とりが作曲をするというほど縁の遠いものではない。右の当人の文が言っているように、どれもみな「書く」ものなのだから。

しかしわたしは、そもそもテレビドラマを、あまり見たことがない。

テレビドラマにおいて、台本はどの程度の重みを持つものなのか。

随筆や小説は、向田邦子の書いたものを読者が読むのであるが、テレビドラマのばあいは、観客――と言うのが適当なのかどうかよくわからぬが、かりに映画の用語を流用しておく。「視聴者」という語があるらしいが、これは滑稽だ。まさか「テレビドラマを見聞きする」と言う人はなかろう――とにかくそのテレビドラマの観客が見るのは画面にうつる映像であって、台本作家が書いた台本ではない。

多分、テレビドラマも映画とおなじく、演劇や美術や音楽が一つになった総合芸術と言っていいのだろうと思う。映画のばあいなら、その総合芸術である一つの作品のできばえに、最も大きくかかわりまた責任を持つのは監督である。「黒澤明の映画」とか「小津安二郎の映画」とかの言いかたが、そのことを端的にものがっている。かりに黒澤明のある作品の台本を小国英雄という人が書いたとしても、「小国英雄の映画」とは言わない。むしろ台本は、監督の指図によって書かれるものだろう。

そこのところがテレビドラマではどうなのだろう。

テレビドラマのばあいは、映画よりはもうすこし、台本作家の占める位置が大きい、つまり台本作家が「えらい」のかもしれない。

向田邦子の「アンデルセン」にこういうところがある。

〈週刊誌の連載エッセイにお布施《ふせ》のことを書いた。書きながら、布施というディレクターがおいでになることを思い出して、電話をかけてみた。彼は私が脚本を書いた番組の収録中である。苗字の由来、お布施との関係を聞くと、知らないと言う。

虫の居所が悪かったのであろう、私はカッとなってしまった。

「あなた、自分の苗字について、親に聞いたり調べたりしたことないの」

怠慢でした、済みませんと、謝らせてしまって電話を切った。〉

これは、向田邦子ムチャである。鈴木という人に電話をかけていきなり「鈴木という木はどんな木ですか？」ときいたら鈴木さんは困るだろう。関さんに電話して「ご先祖はどこの関所の関守だったの？」ときいたら相手はめんくらうだけだろう。向田邦子もさすがに気づいて、そのあとこう書いている。

〈切ってから、私はハッとした。怒っている私も、向田という苗字の由来を調べたり親にたずねたことは、ただの一度もないのである。生れたときからくっついている空気のようなものので、格別気にしたことはなかったのだ。〉

その通りだが、この話からいろんなことがわかる。まず、ディレクターというのは映画の監督にあたるものだろうが、そのディレクターよりも台本作家のほうがずっとエライらしい。黒澤映画の脚本を書いた人が、撮影中の黒澤さんを電話口へ呼び出してこんなつまらないことをきくとは考えられぬ。もし呼び出されたら、「怠慢でした、済みません」とあやまるどころか、「バカヤロー！」とどなりつけるだろう。

その撮影のこともテレビドラマのばあいは「収録」と言うらしい。「撮影」よりはだいぶ手軽な感じである。

小林桂樹さんが左のように書いていらっしゃるのを読んで、わたしはたいへんに感心した（文春文庫『蛇蠍《だかつ》のごとく』解説）。

〈「舞台は役者のもの、映画は監督のもの、そしてテレビは脚本家のものだ」という説があって、私も、ローレンス・オリヴィエが言っているのを何かで読んだことがある。

まず舞台では何と言っても役者が目立つ。映画は写真が始まりで、それが動き出し、やがて言葉、録音が入ったという成り立ちだが、テレビはラジオからきたもので、まず声があって、それに絵をつけようということから発展した。映像というのは映画でもテレビでも同じだが、テレビはブラウン管の機能とか様々なハンデがあって、映画のように映像美に凝るといったことはなかなか難しい。そこで、テレビは会話、つまり脚本が非常に重要になってくる。これは実際に演技をする私にも思いあたることなのだ。〉

映画は写真の子。写真が動き出したのが映画だ。テレビドラマはラジオドラマの子。ラジオドラマに絵をつけたのがテレビドラマだ。親がちがう。出自がちがう。

なるほど、と納得したが、しかし、動く写真に声と音がつき、一方声と音に動く写真がつけば、結果として似たり寄ったりのものになる。テレビドラマのばあい「脚本が非常に重要になってくる」にしても、それを形にするのはいかに地位がひくかろうとディレクターなのだろうし、観客が見るのは俳優である。映画ならその俳優の表情もしぐさもしゃべりかたも全面的に監督の支配下にあるが、テレビドラマのばあい、まさかそれを脚本家が出てきて指図するわけではあるまい。おおぜいの人が役割を分担して、協力してつくった作品。そのなかで、作品の基本構造を考案した人――というところなのではないかと思う。

向田邦子のテレビドラマの台本が文庫本になってたくさん出ている。それをまた小説のような形に書きなおしたものもある。だからたとえば、おなじく背中に「阿修羅のごとく　向田邦子」と書いた本が新潮文庫と文春文庫とにあって、おなじものが両方から出ているのか、と手にとってひらいてみると中身がちがう、というようなことがある。

これは、空前、そして多分絶後のことだろう。傑作名作と言われる映画は数々あるが、その台本が文庫本になって何万部も何十万部も売れているというのはない。小説の形に書きなおしたものもない。ましてテレビドラマにあるはずがない。

これは、向田邦子があるいう死に方をしたからだろう。書きのこした随筆、小説、全部かきあつめてもいくらもない。たちまち読みつくしてしまう。ほかに何かないか、そうそうテレビドラマの台本があった、ということになる。もし向田邦子の乗った飛行機が落ちず、無事に帰ってきてその後も随筆や小説を書いていたら、テレビドラマの台本が駆り出されることはなかったであろう。

ところがこの、本になっているテレビ台本というのが、よく素姓がわからない。

テレビ台本というものは、テレビドラマをつくる時にはディレクターはもとより俳優も一冊づつもらうが、作品ができあがると捨ててしまうのだそうである。家の設計図みたいなもので、家ができてしまえば用はない。いや家ならば、できた家はそのままずっと建っているのだから、何か問題がおこった時に設計図をひっぱり出して……、ということもあるかもしれないが、テレビドラマは放映されればおしまいだから、問題がおこった時に台本をひっぱり出して……、ということもないだろう。

いま出ている向田邦子のテレビ台本というのは、向田邦子が書いた台本をだれかがたまたま保存していて、それを本にしたものなのか。それとも、向田邦子のものなら何でも売れる、何かないか、ということになって、そうそう台本はもうないけれど放映したドラマのヴィデオがある、とそれにもとづいてだれかが再構成したものなのか、それがわからない。文庫本にはみな巻末に「解説」がある。そこに、その台本の素姓を書いてあってもよさそうなものだが、そういうものは一つもない。


向田邦子のことを書くからには、いかに文章をもって完結しているものだけを相手にすると言っても、この人はテレビドラマが本業なのだから、それも一つや二つは見ておいたほうがいいのかなあ、と思っていたら、学生のころの同級生が、放映した時に録画したヴィディオをいくつか持っているというので参上して見せてもらった。

一つは『阿修羅のごとく』である。これはお話に閉口した。三十代から四十代くらいの、女ばかりの四人きょうだいが主人公格のドラマなのだが、話と言えば、この四人、あるいはその配偶者や親の、男女関係のすったもんだばかりである。人生それぱっかりでもなかろうに。

もっとも、音楽はよかった。話はもういいからその音楽が流れている場面だけやってくれ、と言ったら、もと同級生が困っていた。早送りをすると音は出ないのだそうである。

もう一つは『あ・うん』である。これは、作者当人が小説の形に書いたものがあって、それは読んでいた。その印象と、テレビドラマとがあんまりちがうのでおどろいた。

あとでもう一度小説形式のものを読んでみた。最初に読んだ時にはそうは感じなかったのだが、テレビドラマを見てから読むと、これはまさしく筋書きである。筋書きだけで完結している筋書きではなく、テレビドラマとして完結すべき筋書きである。理科標本室の人体骨格と、それに肉がつき目鼻がつき、血管に血が流れて動き出した、生きた人間みたいなものである。

と言っても、テレビドラマ『あ・うん』が秀作だというのではない。すぐれているとか劣っているとかいうのは数多く見てはじめてわかることだから、わたしにはわからない。うまれてはじめて小説というものを一つか二つ見た者に、それが小説としてどの程度のできなのかわからぬのとおなじである。

もっとも、最初に読んだ時から、わたしはちょっと気持わるい感じがした。

この作品は、異常に仲のよい男二人の話である。その二人というのは水田という製薬会社の部長と門倉という中程度の企業の社長で、話がはじまった時に年はどちらも四十三である。この水田の妻のたみというのに門倉が岡惚れしていて、しょっちゅう水田の家へくる。水田は親友門倉が自分の妻に横恋慕していることを知っているが、そのことが二人の友情をさまたげることはすこしもない、という話である。

この二人の友情というのが、ちょっと気持がわるい。そもそも、「友情」というのが気持のわるいことばで、その「友情」を絵にかいたようなのがこの話なのだが、小説形式のほうは筋書きだけだから、気持がわるいと言ってもたかが知れている。ドラマのほうは生身の人間がこの二人に扮して友情を演じるのだから、相当気持わるさも増す。

仲のよい友だちがあって、その一方がしょっちゅうもう一人の家へやってきて、その細君とももしたしくつきあう、というと多分だれでも思いうかべるのは『吾輩は猫である』の苦沙彌先生と迷亭だろうが、あの二人の関係を「友情」ということばと結びつける人はまずないだろう。カラッとしたものである。「友情」はベタベタしている。

もちろん迷亭はちっとも苦沙彌先生の細君に惚れてなぞいない。いやそもそも、惚れているとか惚れてないとかが登場人物にも読者にも念頭にのぼることがあり得ない。

しかしかりに、迷亭が苦沙彌先生の細君に恋慕の気持をいだいたとすれば、そんな気持をチラリとでも自分のなかに感じたとすれば、迷亭はもう、苦沙彌の家に足を踏み入れることはないだろう。迷亭でなくても、たいていの日本の男ならそうだろう。日本の男でなくても——と言ってもわたしはよその国の男のことは知らないが、イギリスの男でもドイツの男でも、あるいは中国、韓国の男でも、多分おなじことだろうと思う。

ところが門倉は、親友水田の細君に惚れて、ドラマのつづくかぎりずっと水田の家をおとずれつづける。水田は、門倉が自分の妻を愛していることを十分知っていて、門倉が来るのを歓迎する。そしてそれが両人の「友情」だということになっている。

男は「いさぎよさ」が大事である。アメリカの西部劇でも正面人物の主人公はみないさぎよい男たちだから、アメリカではいさぎよい男が人に尊敬され重んじられることがおしはかられる。

他の国や民族でもたいていそうだろう。日本でももちろんそうである。武士はいさぎよくなければならなかったし、明治以後は武士の倫理がすべての男の倫理になった。向田邦子は男が好きなのだから当然そういうことは知っているし、実際彼女自身、めめしい男はきらい、いさぎよい男が好きであったろう。それがなんで、友だちの妻に惚れてその家に入りびたる男や、自分の妻に横恋慕する友人との仲のよさを誇るようないくじのない人物を主役とする作品をえんえんと書いたのか、どうも解せない。向田邦子は、気持わるくなかったのだろうか。

二　しばられないよろこび

向田邦子にとってテレビドラマの台本を書くことはたのしいことであり、おもしろいことであったが、しかしまたあきたりない面もあった。テレビドラマは向田邦子の執筆した台本が、そのまま観客に手わたされるものではない。客との関係は間接的である。

また、テレビは数千万の大衆を相手にするものだけに、制約も大きい。

文章を書くようになった向田邦子があじわったのは、自分の書いたものが直接そのままで読者に手わたされて読まれるよろこびであり、もう一つは、テレビではあった制約の多くが、文章の世界にはないことだった。

その制約の一つに、用語の問題がある。

テレビドラマ作家向田邦子にとって、人々がむかしから使ってきた、生活になじんだことばを、「そのことばを使ってはいけない」と禁止されることは、不愉快な、腹立たしいことであった。

昭和四十九年に『婦人公論』に書いた「ホームドラマの嘘」で向田邦子はこう書いている。

〈ついでに言うならば、家庭で皆さまが日常使っておいでの言葉で、テレビではタブーのことばがあるということ。

「気違いに刃もの」はダメ。

気違い、ということばがいけないのです。

気違い水（酒）ももちろんノー。

「あの子はアカだよ」のアカもダメ。

女中もダメ。土方もダメ。お手伝いさん、労務者と言わないといけないのです。土方と言わせて、夜中に、「労務者」の方に、電話でこっぴどくどなられたこともあります。（…）テレビは、ホームドラマはうっかり冗談も言えない部分があるのです。〉

その後「労務者」もダメになっているはずである。

右の五年後、昭和五十四年に『創造と表現の世界』に書いた「せりふ」にはこうある。

〈近ごろ、放送コードとかいって、汚い言葉や差別用語を使うことを禁止するようになりましたが、私は残念でなりません。人間が生きてゆくためには、きれいごとだけですむわけがありません。みっともない言葉、卑しいやりとり、うす汚いせりふ、人を見下し、バカにした考えのない人間がいたらそれこそかたわ（不具）です。この言葉も使ってはいけないのですが、こういう取り決めがどれほど日本のテレビドラマを子供っぽく貧しくしていることか。私は「馬鹿」というせりふが放送禁止になったら、テレビドラマを書くのをやめようと、これは本気で考えています。〉

文章はやや不順だが憤懣は痛切につたわってくる。「私は残念でなりません」は腹の底からの言である。

テレビにくらべると、雑誌はだいぶましである。見る人の程度も多少はちがうだろうが、何より数がちがう。もっとも雑誌もいろいろで、向田邦子が最後の二年あまり書いた週刊誌は雑誌のなかでは最も見る人が多いし大衆的だから、比較的きびしい。ただしそれもまた、その雑誌を出している出版社にもよる。大きい出版社ほどうるさい。新聞社はもっとうるさい。要するに多数を相手にしているメディアほど、いわゆる「抗議」をおそれ、神経質である。あらゆる階層、あらゆる方面のお客をかかえているからである。読者数の多くない書物や雑誌でも、大きな出版社が出しているばあいにはやかましいのは、最大部数の書物や雑誌の基準で全出版物を審査するからだろう（審査とは言わず「校閲」と称するが）。

向田邦子が文章に乗り出して最初に書いた『銀座百点』は、その点まことに寛容であった。読者の数や範囲もかぎられているし、何よりも商業誌ではない。ことに、日本第一の商店街が出しているものだから、万事鷹揚であったのだろう。

向田邦子は、のびのびと書いている。『父の詫び状』が彼女の一番の秀作になったのは、舞台が銀座商店街のPR誌だったということもあずかっているかもしれない。直接いわゆる「差別語」問題にかかわらなくとも、とにかく何を書いても「これは困ります」とにがい顔をされる心配がない、というだけで気持がらくである。気分よく書ける。まして向田邦子は、それまでテレビドラマでさんざん「これは困ります」をやられてきたのである。

であるから『父の詫び状』は、向田邦子の著作の文庫本（もちろん彼女の著作はすべて文庫本になっている）のなかでただ一つ、巻末に、「この作品の中に、今日から見ると差別的表現ととられかねない箇所があります。しかし、故向田氏の意図は決して差別を容認、助長するものではありませんでした。また、作品の時代的背景及び著者がすでに故人であるという事情にも鑑み、あえて発表時のままの表記といたしました」ということわり書きがついている。一九九〇年ごろからこの種のことをやかましく言う人が多くなり、つけざるを得なくなったのであろうが、こうしたことわりというのは実に不快なものだ。ちゃんとした文筆家で、わざわざ「差別を容認、助長」しようとして文章を書く者などあるはずがないではないか。ことわりを言うことによって、あたかもそういう文筆家があるような、この著者もその一人である嫌疑がないでもないような、印象を人にあたえる。ほとんど、故人に対する名誉毀損である。

読者は、このことわり書きを見てからあらためて『父の詫び状』を読んでゆけば、容易にその指すところを見つけることができるだろう。

〈「お前は何のために靴を揃えているんだ。片足のお客さまがいると思ってるのか」〉（「父の詫び状」）

〈先の尖った支那靴で毬《まり》を蹴り合ったり小枝で狗《いぬ》を追ったりする唐子たちは、〉（「ねずみ花火」）

〈苦学生の父に、よく支那そばやワンタンをおごってくれた。〉（「わが拾遺集」）

〈あれはみな屠殺場の人夫達の余禄《よろく》だというのである。〉（「学生アイス」）

〈〽雨は降る降る　跛《ちんば》は濡れる〉（「昔カレー」）

等々。

これらは、向田邦子が何も気づかずつい自分が使っている日常のことばで書いてしまったというのではない。同じ年ごろの一般の人ならそういうこともあるかもしれぬが、向田邦子にかぎってそういうことはない。彼女は「放送コード」で「こういうことばはいけません」とたたきこまれてきた人なのだから。

すなわちこれらはみな、「どうしてこれがいけないのですか」という抗議であり、挑戦なのである。

商業誌に書き出してからは、さすがにこれほど大胆な挑戦はない。こころみに週刊誌の連載随筆を見ると、

〈「チャーハンを支那茶でおじやにしたのどうかな。おやじさんに言って作ってよ」〉（『無名仮名人名簿』「特別」）

〈題名は「悪党部落」だというのでその通り大きな活字でのせたところ、「アクト・オブ・ラブ」（愛の行動）の間違いであった。〉（『無名仮名人名簿』「女子運動用黒布襞入裁着袴」）

〈膝行《しっこう》である。いざり勝五郎の心境である。〉（『無名仮名人名簿』「臆病ライオン」）

〈十年前はバカチョンであったが、去年あたりから、やや本式のカメラを使ってみるようになった。〉（『霊長類ヒト科動物図鑑』「写すひと」）

〈黒人の多い、治安の極めて悪いところなので、車からおりないようにと注意されているところである。〉（『霊長類ヒト科動物図鑑』「紐育・雨」）

〈ヤコブ、という人は、背中の丸い、ノートルダムのせむし男のように思える。〉（『霊長類ヒ

ト科動物図鑑』「男殺油地獄」)

〈母のときほど、右だ左だ、バカのチョンの、とは言わない。〉(『霊長類ヒト科動物図鑑』「孫の手」)

〈人が集るとまず教会を建て、それと同時に屠殺所《とさつじょ》をつくって、牛や豚を飼って食料とした民族と、〉(『女の人差し指』「チャンバラ」)

〈大した金額ではない。人夫の三分の一ほどだが、〉(『女の人差し指』「蜘蛛の巣」)

百二十篇ほど書いてこの程度である。

一つ、たいへんおもしろいところがある。『霊長類ヒト科動物図鑑』「ヒコーキ」の、羽田空港の荷物台で「中年婦人の団体」がコンベアに乗って出てくる荷物を待ちうける場面である。

〈まるで戦争さわぎである。

みんなあっけにとられ、押されたまま突き飛ばされたままでいた。田舎っぺだな(このことばは差別語だったかしら)と笑えないものがあった。〉

向田邦子が意識していたことを明白に物語っている。彼女は「田舎っぺ」が「OK」と「ダメ」との境目のことばであることを十分に知っているのである。知っていて、ここは「田舎っぺ」を使いたいのだ、と言っている。

だれに言っているのか。編集者(校閲者もふくめて)に言っている。編集者が、「通すか、通さないか」の権限をにぎっているのである。その編集者にむかって、わたしは不用意に「田舎っぺ」と書いたのではありませんよ、問題の語なのだということは十分承知なのですよ、でもここはぜひ「田舎っぺ」でゆきたいのです、ね、いいでしょ？　と言っているのである。

編集者は、執筆者が書いたものの最初の読者であり、最も入念な読者である。その上、もしかしたら、ていねいに読んでくれる唯一の読者であるかもしれない。駅の売店で週刊誌を買う読者が、広告にものらない、まんなかあたりの連載コラムをどれくらい読んでくれるものか、はなはだこころもとない。その点編集者は、執筆者にとって最も確実な読者であり、同時に審査員である。

だから、編集者にむかって書くことはめずらしくない。「(このことばは差別語だったかしら)」はそれであって、編集者が諒解しパスすればもうとってしまってもいいのだが、原稿の一部にはちがいないのだから、こうしてのこっている。のこっていることによって、向田邦子が、こうしたことばを卒然と書いているのではないことを、はっきり見せてくれているのである。

第六章　死への疾走

一　最後の一年

向田邦子は、昭和五十五年の七月に直木賞を受け、翌五十六年八月二十二日に、飛行機事故のため死んだ。

『銀座百点』連載がはじまった昭和五十一年以後（厳密に言えばこれが注目をあびたこの年の夏以後）死ぬまでの五年間、向田邦子は常に多忙であったが、なかでもこの最後の一年間は、特別に多忙であった。

最後の一年間の、彼女のしごとを一瞥してみよう。

本業のテレビドラマは、『幸福』（TBS、十三回）、『蛇蠍のごとく』（NHK、三回）、『隣りの女』（TBS、単発）、『続あ・うん』（NHK、五回）が、この一年間に放映されている。台本もこの間に書いたのだろう。ふつうの者なら、もうこれだけで一年間のしごと量として十分すぎる。たとえば『幸福』は文庫本で五百数十ページある。これがそのまま向田邦子の書いたものなのかどうかわからないが、十三回分と言えばこの程度の分量になることはたしかなのだろう。してみると四本あわせれば千ページくらいにはなるだろう。一年間に、文庫本にして千ページ分の原稿を書く作家がそれほどあるとは思われない。

これだけではすまない。

小説が、ドラマの筋書きを文章で書いた『あ・うん』もふくめ、『思い出トランプ』の後半六篇、『男どき女どき』の四篇など、あわせて十八篇ある。

週刊文春の連載随筆が、一年分だから約五十篇ある。

単発の随筆が、ごく短いのもふくめて四十篇あまりある。

このほかに、『無名仮名人名簿』、『思い出トランプ』、『あ・うん』、『霊長類ヒト科動物図鑑』と、本を四冊出している。いずれもすでに雑誌に発表したものだが、配列を考えたり手入れをしたり校正刷りを見たりと、著者のすることはけっこうある。『霊長類ヒト科動物図鑑』の刊行は歿後だが、著者のすることは生前に終えている。

また対談を十数回やっている。平均してひとつきに一度である。

とにかく、たいへんなしごと量である。


四十篇あまりある単発随筆についてのべておこう。

何よりまず、数が多い。テレビドラマの台本を書き、小説を書き、週に一つ随筆を書いて、そのほかにこれである。単発随筆を年に四十以上も書く人はまあなかろうと思う。

この人は注文をことわらない人だったらしい。どこからでも注文があればひきうける。この四十数篇のなかにも、わたしなど聞いたこともない雑誌がたくさんある。多分内容についても注文があるのだろう。あるいは筆者が気をきかせて、その雑誌にあわせて題材を考えるのかもしれないが、雑誌のタイトルと話の中身とがあっている。

『日本の蒸気機関車』には、昔の汽車の旅の話「煤煙旅行」。

『民謡文庫』には、民謡の話「故郷もどき」。

『中東ジャーナル』という雑誌には、チュニジア、アルジェリア、モロッコのたべものの話「羊横丁」。

『かんたん・酒の肴一〇〇〇』には、酒の肴の話「母に教えられた酒呑みの心」。

『はんえいくらぶ』というのはよくわからないが、一人ずまいの心がけのことを書いている（「独りを慎しむ」）ところを見ると、人生論か倫理道徳か何かの雑誌なのであろう。

徳島新聞に阿波踊りの話（「大学芸運動会」）、というのもまことに符節があっている。

そのどれを見ても、手を抜いたあとは見えない。キチンと書いている。律儀なものである。

一番の秀作は『週刊朝日』に三度つづけて書いた「ベルギーぼんやり旅行」で、描写が的確なのにも感心するが、何より驚嘆するのは記憶力である。ベルギーへ旅行して、帰ってすぐ書いたものであり、行く前から『週刊朝日』に原稿をたのまれてある程度はメモをとってきているのだろうが、見たもの食ったもの聞いたこと、全部鮮明に頭脳におさめて帰ってきている。

向田邦子の最後の一年は、ふつうの人間なら、日曜も休日もなく毎日朝から晩まで、いや夜中まで、ねじり鉢巻でカンフル注射でもしながらでなければとても間にあわないだろうといういそがしさだが、あきれたことにこの人は、一年のあいだにずいぶんあちこちに旅行している。アメリカ、ベルギー、ブラジル、国内では、丹波、沖縄、京都、四国……。そんなにしょっちゅう飛行機に乗っていれば、そのうちに落ちる飛行機に乗りあわせてしまうこともあるだろう、と思うほどだ。

なぜそんなに旅行に出かけるのだろう。

その前、昭和五十四年の夏から五十五年の夏までを見ても、一年のあいだに三度もアフリカへ行っているから、旅行が好きだったのではあろう。

しかし最後の一年を見ると、毎日はたらいてもこなしきれないほどのしごとがおおいかぶさってきている。旅行に出ようとすれば、その期間の分を前倒しですませて原稿を渡しておかなければならないわけだから、多忙はいっそう加わる。なかにはしごとでどうしても行かねばならぬ旅行もあったのだろうが、たいがいは、そうではなさそうである。

もっとゆとりのある人なら、年に何度も、それもベルギーやブラジルくんだりまでのんびりと遊びに出かけて、けっこうな御身分だ、ということになるであろうが、この人のばあいは、しごとが怒濤のごとく押しよせてきているなかでの旅行なのだから、もっとせっぱつまった感じがする。

もっともこれは文字通りの「リ・クリエイション」であって、旅行の好きな人だから、好きな旅行をしているうちに、疲れていたからだにまた元気がわき、新しい着想がうかんだのかもしれないが。

向田邦子は台湾へ何をしに行ったのだろう。

旅行に出かける際には妹の和子さんにスケジュールをとどけるならわしだったという。その和子さんがこう書いている（『かけがえのない贈り物』）。

〈八月二十日の台湾旅行は、シルクロードへ出かける予定を、政情が不安定だということで変更し、たまたまスケジュールが空いたので、出かけることに決めたようだった。〉

シルクロードへ行きたい、ということは、つい数か月前の随筆「私と絹の道」（『篠山紀信シルクロード写真展パンフレット』昭和五十六年五月）に書いている。それが急に台湾にかわったのか？

右の妹さんの文章で見るかぎり、特に用件があったのではなく、単なる遊びのようである。

八月二十三日（墜落の翌日）の朝日新聞は左のようにつたえている。

〈作家の向田邦子さん（五一）は出版企画社「ハウス・オブ・ハウス・ジャパン」（東京都渋谷区神宮前、志和池昭一郎社長）からエッセー集を出すことになり、志和池さんと秘書の原田朗子さん、通訳の高橋のり子さんの三人とともに、二十日から五日間の予定で、台湾取材旅行に出かけた。台北の故宮博物館《ママ》などを見学、二十二日は午前十時に台北を出発、空路、高雄へ向かい、チョウが好きな志和池さんと、珍しいチョウを採集する日程が組まれていた。〉

以下、一行四人とガイド一人を松山空港まで送った台北の旅行社の運転手（日本語ができる）

の話として、向田邦子が車のなかで「高雄の方にチョウチョウを採りに行くのよ」とはしゃいでいたこと、また、台北についた二十日にもその運転手が市内を案内したが、向田邦子は「食べ歩きもしたいわ」「普通の観光コースでなくて、裏通りを案内して下さい」とはずんだ声で言ったことなどをつたえている。

向田邦子とともに死んだ志和池社長ら三人についても紹介している。

志和池社長は三十八歳、「シルクロードブームの火つけ役となった企画マン。出版関係者の間では、その道の権威だった。十年ほど前に妻の晴子さん（三二）とともに出版企画会社ハウス・オブ・ハウス・ジャパンを設立」とある。原田朗子《あきこ》さんは二十六歳、志和池社長の義理の妹で秘書役、高橋のり子さんは二十四歳、英語の通訳とある。

これまでのところ、この朝日新聞の記事を否定する説も修正する説も出ていないから、右の通りと考えてよいのだろう。ただ、よくわからぬふしぶしもある。

シルクロードの権威が向田邦子をシルクロードへ案内するはずであったところ、それよりは台湾へ行って台湾旅行記の本を書いてほしいともとめたのであろうか。

「エッセー集を出す」とありまた「台湾取材旅行」とある。これは書きおろしの「エッセー集」ということだろうか。しかし、何度も行ったヨーロッパ、南米、アフリカでも、せいぜい断片的な随筆数本である。たった五泊の台湾旅行で（八月二十日に日本をたって、台北に二泊、二十二日高雄へ行って二泊、二十四日に台北へもどって一泊、二十五日に帰国の予定だった）、本が一冊できるだろうか。そもそも書きおろしの本を一冊書くほどの余裕が彼女にあったろうか。

高雄へ蝶をとりに行くとはしゃいでいたとある。作品で見るかぎり、向田邦子に昆虫採集の趣味があったとは思われない。「チョウが好きな志和池さん」とあるから、蝶の採集はこの人の趣味なのである。しかし取材旅行に出かけた作家が、自分の取材ではなく、依頼者の趣味につきあって日程のなかばをついやすというのも、どうも解せぬ気がする。

向田邦子は三十代なかばのころ台湾人実業家と結婚する話がきまっていたという。台湾で挙式するから出てくれと弟の保雄さんに夏の礼服を作ったと、『姉貴の尻尾』にある。「あとで、姉がその人と見合いをしたこと、その席に友人同道で品定めしたことなどを聞いた。まあまあこのへんで手を打つことにしよう、と思ったことは確かだったようだ」と保雄さんは書いている。相手に奥さんがいることがわかったのでやめた、とあるが、それも何だか変な話である。見合いという以上、仲に立つ人があったのだろうが、見合いを仲介する人なら、何はさておいても、双方が未婚であることだけは確認しそうに思う。

「この相手の人は、姉が失くなる二年前、台湾で亡くなっている」とあるが、この件と、ハウス・オブ・ハウス・ジャパンの件とは、何かかかわりがあるのだろうか。単にどこか海外へ旅行して本を一冊書くというのならば、従来の海外旅行からうかがわれる向田邦子の好みより見ても、題材の読者に対するアピール度の点でも、シルクロードのほうが選ばれそうに思う。なぜ台湾なのか、どうもよくわからぬ。

わたしは、向田邦子が死ぬ一年前に台湾へ行き、向田邦子とおなじ台北松山機場（空港）から島内便の飛行機に乗ったが、九州程度の大きさの島だのに島内各地を結ぶ航空路が非常に多く、便数も多く、人々がまるでバスのように気軽に利用しているのにおどろいた記憶がある。これは当時、人の動きが従前にくらべていちじるしくひんぱんになっているのに道路も鉄道も十分でなかったせいもあるのだろう。日本の国内便にくらべると、いとも手軽でかんたんだが、こんなに無造作に空を飛んでいいのかしらといった感じはたしかにあった。

向田邦子が乗った飛行機は、はじめ別の所への便として松山機場を飛び立ったが十分後に不調が発見されてひきかえし、応急修理して高雄行きにふりかえられ、離陸十五分後に空中で二つに折れて墜落したという。不調でひきかえした飛行機を応急処置くらいですぐまた使うとは乱暴な話で、乗るほうだけでなく飛ばすほうもバスなみの感覚だったのだろう。

向田邦子がこんな飛行機に乗りあわせてしまったのは必然か偶然かと言えば、それは偶然にきまっている。

しかし、言い古されたことだが、人の運命に関しては、偶然といえども必然である。

たとえばわたしがうまれたのはもちろん両親が結婚したからだが、話を聞いてみると、両親が出会ったのはいくつもの偶然がかさなってのことで、そのうちのどの一つの偶然がなくても両親は出会っていない。わたしにかぎらず、たいがいの人の両親の結婚はそうだろう。しかしそういういくつもの偶然がかさなった結果わたしがうまれて、こうやって六十何年も生きてみると、もともとうまれるはずではなかったのだ、とも言えない。やはりうまれるべくしてうまれたのであろう。

向田邦子の人生も、あのとき満五十一歳を一期として死ぬようにはこんできたのだろうと思うほかない。おこったこと以外のことはおこらなかったのだから。

人の生涯というのは不思議なもので、あんな突然の死であっても、後半のちょん切れた書物のような中途半端なものではなく、そこでちゃんと完結している。切れた本の後半はどこかにあるが、向田邦子の後半はどこにもない。

そうやって完結したものとして見れば、向田邦子は、まさしく、あの時点にむかって疾走している。

二　敗北者として

向田邦子は死んでしまったのだから、当人はもう、台湾でなくシルクロードへ行っていればば……、予定を一日おくらせていれば……、などと思うことはない。

しかし生きている者は、自分の身に実際におこったことをまちがいと思い、実際にはおこらなかったことを必然と思う。あのときにああしていれば、あのときにああいうことを言わなければ、その必然があったはずなのである。そして自分の人生はまったくことなったものになっていたはずなのである。実際におこったことはまちがいがもたらしたもので、全部うそである。

人を死へさそうのは、この、あの時にああしていれば……、あの時にああしなければ……、の悔恨である。こうでない人生もあり得たのに……、そのほうこそほんとうであったのに……、の思いである。これは、どんなにふりはらってもまとわりついてきて、人をさいなむ。西洋の詩人はこれを乞食のシラミにたとえた。「乞食の虱を養ふごとく、我らは愛《いと》しき悔《くい》恨を養ふ」と。この、つぶしてもつぶしても際限なくわいてくるシラミのごとき悔恨からのがれるすべは、死しかない。

すでに完結した向田邦子の生涯を見ると、そういう死へむかって疾走して行ったように思えるのである。

向田邦子は夏目漱石が好きだったという。漱石が執拗に書きつづけたのは、わけのわからぬ悔恨であった。無論わけがわからぬのは読者にとってであって、当人には十分わかっていたのだろう。ただそれをありのままに書くことは矜持がゆるさず、あるいはあまりはずかしくてできず、さりとて、それは等閑に付しておいて『吾輩は猫である』や『坊っちゃん』のようなものをひきつづき書いてゆくゆとりも四十をすぎた漱石にはもはやなく、そこで、悔恨というもののありようを、ないしは悔恨が人をさいなむそのかたちを、虚構をもうけたり夢に託したりして、執拗に書きつづけた。漱石を苦しめていたのは人生不可解などといったふうな漠然としたことではなく、もっと具体的な悔恨であった。それは何か男女にかかわることで、直接自分の人生を狂わせもしたが、むしろ相手なりそれにかかわった人なりの人生をいっそう手ひどく狂わせ、そのことが漱石を苦しめる、といったものだったらしい。ただしその人名なりことのなりゆきなりを資料によって再現することは不可能であり、そうしたこころみはみな失敗している。あるいはほとんど下司のかんぐりに堕している。

漱石のなりわいが英語英文学の教師であったごとく、向田邦子のなりわいはテレビドラマの台本づくりであった。それぞれその当時において、才能にめぐまれた者のする先端的なしごとであり、社会的地位と収入と名声とをもたらしたが、内面にかかわり自己の救済にあずかり得るものではなかった。と言っても、職業というのはたいがいそういうものであるし、また幸福な人間には自己の救済などは不要である。

漱石も、向田邦子も、中年になってから自分のことを文章に書きはじめた。

漱石は知人のやっている俳句雑誌に『吾輩は猫である』の第一回――当初はその一回のみでおしまいのつもりであった――を書いた。これが、書いた当人はじめだれも思ってみなかったほどの大成功で、読者の歓迎と要望とにひっぱられてえんえんとつづいた。これは、苦悩する自己の一面とはなんらあいかかわらぬ、もっぱら別な一面、世俗を超越した飄逸な精神と生活とを書いたものだった。つづいて、直情径行で江戸っ子気質の一面を誇張した『坊つちやん』を書いた。当人にとっては、自己の内面のどす黒い不吉な塊とは風馬牛の、あきたらない作であったろうが、結果として見れば、これが生涯に書いた最良の作品となった（『夢十夜』や『硝子戸の中』の一部などの断片的なものをのぞけば）。

もっとも、漱石自身は、のちの作、特に『それから』以後の作において、血をしたたらせている。しかし作者が血をしたたらせていればよい作だと判定するのはのちの批評家のあさはかな了簡で、世は血をしたたらせた出来のわるい作品の多きにたえぬのである。

向田邦子は、商店街のPR誌に、食べものにまつわるこどものころの思い出ばなしを書きはじめた。これが思いがけぬ大成功で、当初六回の予定が二十四回もつづき、読者の期待にひっぱられて、昭和十年代のメルヘンに大成した。PR誌のかるいよみものでありさらにメルヘンになったゆえに、もとよりなまなましい自己を語ることはできず、そこに登場する彼女自身は、その幼いおりの可愛い一面、繊細な感受性をそなえた聡明な女の子であるにすぎない。しかしこれが、彼女がその五十年余の生涯に書いた最良の作品となった。

漱石は『吾輩は猫である』『坊っちゃん』のあとまだ十年の時間があったが、向田邦子は『銀座百点』の連載を書きおわったあと、たったの三年しか生きなかった。たったの三年にしては書いたものは多いが、『父の詫び状』をこえるものはない。

向田邦子は、小説のなかで、虚構をかりてありのままの自己を語ろうとしたが、それは不可能、すくなくとも非常に困難であることが、書きはじめてすぐにわかった。二十篇ほどの小説の多くは、こざかしいだけで底の浅いものである。成功した作もあるが、それは自己を語ったものではない。むしろ向田邦子は、最も失敗した作のなかで血をしたたらせている。

向田邦子に、ふりはらってもふりはらってもまとわりつづけた悔恨とは何だったのか。

彼女の書いたものを読むかぎり、それは、結婚しなかったこと、家庭を持たなかったことである。無論漠然とした「結婚しとけばよかった」なのではなく、何度も何度も、ほとんど成就というところまで行ったチャンスがあった。それをことごとく、ほんとにつまらない、しかしとりかえしのつかない失策によってのがしてしまった。ほんのちょっと自分にねうちを持たせようとしたとか、相手の気持に思いいたらなかったとか、思いいたってはいたが対応にまずい点があったとか……。もう十年も二十年もたってしまっているのだから忘れよう、あきらめようとしても、すっぱり切り捨てられるものではない。おりにふれてふと心にうかぶ思い出とちがって、悔恨は、それこそ毎日新しい血を吸って活力をおぎなうシラミのように、つねに念頭を去らぬことによって力をたくわえ、衰えることを知らない。悔恨はいつでも新しい。

しかしまた、人は、最も人に語りやすい悔恨を語る。ちょうど、最も人に語りやすい失敗や、恥や、自己の醜悪を語るように。

これを語ってしまったらもうおしまい、自己が崩潰する、という悔恨や醜悪を、人は語らない。それは、他人が知ったとしたら存外たわいのないことと思うばあいもあるかもしれないのだが——。

これを語ったらもうおしまいだが、さりとてまったくそれに頰かぶりしては生きてゆけない。そんなぎりぎりのところを、漱石は小説に書いて生きのびた。

向田邦子の「ああ、どうしよう。もう間に合わない」は痛切この上ないけれども、しかしこれでも、最も語りやすい悔恨であったのかもしれない。

向田邦子の悔恨の正体はわからない。いずれ結婚問題にかかわることではあったのだろうが、具体的事実などのわかるはずもない。ほとんど何もあかさぬまま、彼女は、台湾上空の死にむかって疾走して行ってしまった。

だれが一番よく向田邦子を知っていたのだろう。無論わたしにはわからない。わたしが見ることのできるのは、向田邦子について書いたり語ったりしている人の、活字になっているものだけなのだから——。その書いたり語ったりしたものにしても、知っていること感じたことのすべてを語っているとはかぎらない。

それらの大部分は、向田邦子の聰明さを、才気を語っている。それらはそれなりにおもしろい。しかし向田邦子の暗さについて語っているものはあまりない。

暗さ、と言っても、陰気さということではない。あかるく元気な人の、そのすぐ裏にはりついている暗さである。

わたしが向田邦子の書いたものを読んで感じたのは、この人はつねに自分のことを敗北者と感じている、ということだった。そして、おりにふれてからみついてくる敗北感にさいなまれて、なろうことなら早く死にたいと思っているらしい、ということだった。

死にたい、という気持を心のどこかに持っている者が、世に無関心であるとはかぎらない。世のなかのさまざまのこと、たとえばことばに、文章に、あるいは映像に、物語に、生き生きとした関心を持ちながら、しかしいつもその底に希死念慮のつめたい水をひたひたとたたえている人もある。わたしが向田邦子に見いだしたのは、そういう人であった。

無論これは、わたしが向田邦子を知ったのはあの人があんなふうに死んだあとだった、ということも影響しているだろう。しかしわたしには、あれが思いもよらず突如ふってわいた災難というようには感じられず、この人自身がそちらへむかって歩いて行ったのだ、というふうに感じられたのである。

わたしの知るかぎり、向田邦子の快活さ、ものごとに対する生き生きとした関心の、すぐ背後にはりついている絶望的なさびしさと不幸を報告してくれているのは久世光彦さんのみである。『触れもせで――向田邦子との二十年』から――。

〈人生にはかなわない。とてもかなわない。でも、そういう話にもしかして自分が登場することだってあるかもしれないんだから、そう思えばいいじゃない。そう言いながら、やっぱり悲しそうだったのは、書くということが人生にかなわないことが口惜《くや》しかったからなのか、それとも、いい話がいつも自分の人生の脇をすり抜けて行くのが淋しかったからなのか、私にはいまでもわからない。覚えているのは、うつむき加減のあの人の、不幸な横顔だけである。〉

また――

〈いなくなるちょっと前も向田さんはやっぱり棲《す》みなれた薄闇の中にいたような気がする。仕事や遊びのせいではない疲れが、歩き方や物言いの中に見てとれた。（…）

最後の旅に出る前、なんだか浮き足立っていたみたい、とあの人と長い間親しかった女友達が呟《つぶや》いたことがある。私はうなずいた。私もそう思っていたのである。体が泣くという言葉がもしあるとするなら、最後はそんな感じだった。雨の坂道を、五歳の女の子が泣きながら走っているようだった。〉

多分、旅立ちの時はいつでもそうだったのだろう。

ただ、元気に帰ってきたら、周囲の人たちの心をよぎったそうした印象はあとかたもなく消えてしまう。台湾の時は、帰ってこなかったから、それが残ったのである。十九やはたちのあさはかな娘ならばともかくも、夫も子もない五十の女がひとり外国への旅に立つのに、心の底からうきうきしていたなんてことのあるはずがない。だれが考えてもそれは逃亡の旅である。何からの逃亡？――最も考えられるのは、自分自身からの逃亡であろう。

死ぬ一年前、五十歳の時に、向田邦子は直木賞を受けた。それは、二十代のころの彼女が漠然と思い描いていた将来の自分の、その先にあったものである。

そのころ、じっとしていれば確実に彼女の身におとずれるはずであったもの――朝のお弁当づくり、「行ってきます」というこどもたちの元気な声、庭の草花、風にひるがえる洗濯物……、それらに彼女はあきたらなかった。

本棚にかこまれたせまいへや、小さな机にむかって、原稿用紙のます目に一つ一つ文字をうめてゆく自分、――さしあたり漠然と見えていたのは、それくらいのところだった。もうそれだけでも、さきの主婦の生活にくらべれば、十分に栄光に包まれたものだった。

その先に――。自分の書いたものが雑誌にのる。自分の本が書店にならぶ。多くの人たちが自分の名前を知る……。そしてそのまた先に、何か賞をもらう、ということもあった。もちろんそこまでは望んでいなかったにしても。

その、そこまでは望んでいなかったものもふくめて、五十歳までに、全部が実現してしまった。その頂点に直木賞の受賞があった。

しかしそれは、二十代に夢見たほど、それほどうれしいものではなかった。うれしいにしても、それは皮膚の上をなでてゆく程度のうれしさでしかなかった。

もとより、たとえば受賞パーティが、うれしくないはずがない。自分一人のために、こんなに大きな、豪華なホールが用意され、すみずみまで光り輝いている。こんなにおおぜいの人があつまって、祝福のことばをかけてくれる。こんなに多くの報道機関が来て、前後左右から写真をとる。各出版社の幹部がかわるがわる近づいてきてあいさつし、両手に持ちきれないほどの名刺がたまる。誇りと歓喜とでいっぱいになって、あちこちに笑いかけ、お礼のことばをのべ、おじぎをくりかえす自分……。これが、うれしく、はれがましくないはずがあろうか。

しかしそれはやはり、皮膚の表を通りすぎてゆくよろこびにすぎなかった。栄光の嵐がおわり、ひとり自分のへやにもどってみれば、さびしさはひとしお身を噛む。この栄光は、「行ってきます」というこどもたちの元気な声、真白に洗いあげ風にひるがえるこどもたちのシャツやパンツに勝てない。

チャンスはみな、手の下をくぐりぬけて行った。その一つ一つを考えてみれば、のがしたのはほんの偶然であり、手にはいっていた可能性のほうがよほど大きい。そのほうが必然だった。なんでもないことなのだ。世の女の大部分がそれを手にしている。向田邦子とおなじ道をえらんだ者でも、一方で作家であり一方で妻であり母である女はいくらでもいる。両立しがたいほどのことではないのである。

にもかかわらず、一つや二つではなくいくつもあった機会を、どれもみなとりにがしてしまったのは、向田邦子の性格のほうだった。性格、素質、あるいはもうすこし大きく、持ってうまれたものの全体である。

その、性格も素質も才気や感情の動きかたもふくめた、持ってうまれたものの全体が、人のめったにできないことをやすやすとやってのけると同時に、なんでもないものを全部とりにがすようにはたらいた。現に全部とりにがして、こうやってひとりとりのこされてみれば、やはりそれが必然なのであった。

あの時おとなしく、ふつうの道を歩いていたらよかった、というのではない。あれもほしいこれもほしいの欲ばりなのでもない。

これでよかったはずなのである。さびしさが栄光である道を自分はえらんだのだから。そして成功し、頂点をきわめたのだから。

しかし、「行ってきます」の元気な声と風にひるがえる洗濯物に勝てない。手のとどかなかったものではなく、いつでも手にはいるはずのものだったから、勝てない。こどもたちの声は凱歌であり、風にひるがえる洗濯物は勝利の旗である。

客観的に見れば、向田邦子はまちがいなく成功した人だった。しかし当人は、毎日、敗北者だった。そして最後は、敗北者らしく、りっぱに玉砕した。

あとがき

飛鳥新社の若い編集者首藤知哉君が、「本を一冊書いてください」とわが琵琶湖西岸の勉強部屋へやってきたのは、一九九五（平成七）年の四月であった。一月に神戸の大地震があり、三月に東京で地下鉄サリン事件があった、あの年である。

話してみると、首藤君は陽気な好青年である。こういう人と友だちになるのは愉快だろうと思ったので、書きましょう、と快諾した——というのがわたしの記憶である。首藤君によれば、はじめ「中国に関する本を書いてくれ」とたのんだら「中国のことは書きたくない」とニベもない返事であった。それから雑談しているうちに何かのきっかけで向田邦子の話になり、わたしがその随筆をこまごましたところまでよく知っているので、「じゃその向田邦子のことを書いてください」ということになった——のだそうだ。

中国のことは書きたくない、と言ったのは、別に中国がきらいだからというわけではない。本でも雑誌でも、わたしに御注文をくださるむきはハンで押したように「何か中国のことを……」とおっしゃるので、「なんだい、まるでほかに能がないみたいじゃないか」と多少ふてくされていたのである。首藤君が来るすこし前に出た『本が好き、悪口言うのはもっと好き』の長い長いあとがきのおしまいのところにも、そのことをうらみがましく書いている。

さて承知はしたもののテキパキと書かないでいるうちに、ちょうど一年後、首藤君は飛鳥新社をやめて独立した。と言っても、社屋は自宅の一室、従業員はあとにもさきにも当人一人きり、というのだから、独立と言うより孤立だね。わが向田邦子のいまだ書かれざる本も自動的にこの孤立出版社に移管になった。

この時にも話がある。首藤が——「首藤君」と言うといやにあらたまった感じがして調子が出ないので以下は平生通り姓だけで呼ぶことにしますね——その首藤が何かいい社名をつけてくれと言うので、当方ない智慧をしぼって、「コスモス社」とか「トマト書房」とか、いづれアヤメかカキツバタのすてきな名前を五つばかり考え、このなかからいいのを選べと言ってやった。ところが首藤はせっかくのアヤメもカキツバタも全部却下して、自分で考えた「いそっぷ社」という名前にした。イソップならイソップでもいいけど必ずカタカナにしろよ、イソップは西洋語なんだからな、と懇切に教えてやったのに、忠告を無視してひらかなにした。困ったやつだ。

それからまた三年たって、昨年九月にやっと原稿ができあがった。

原稿ができた段階で一度、兵庫県相生のわたしの家で、また一応組んでみたあとで一度、こんどは赤穂のわたしの勉強部屋で、それぞれ一週間の合宿をした（わが勉強部屋はそのちょっと前に琵琶湖西岸から赤穂に移転していた）。この合宿は、毎日夜中の二時三時まで原稿を検討してそれから酒を飲み、翌日はまた昼前から作業をはじめるのだから、老体にはこたえた。

首藤は一日に一度、フッと姿を消す。しばらくするとスーパーで山のように食いものを買って、ニコニコともどってくる。「そんなにたくさん買ってどうするんだ」ときくと、「ぼくが食べるんです」と言う。そしてほんとに、翌日までにあらかた食ってしまう。

二度の合宿で、わたしは大いに譲歩させられた。一つは構成。たとえば、冒頭の向田邦子の文章について書いた部分は、もともとは全書のおしまいについていた。首藤はそれを巻頭にひきあげると言う。

「しかしね、おれはおしまいにつくように書いたんだし、そこまでに言ったこと全部が前提になってるんだから、もし頭に持ってくるのならそういうふうに書き直さなきゃならんじゃないか」

「じゃそういうふうに書き直してください」

わたしはしぶしぶ、はじめから書き直すハメになった。そのあいだ首藤は、スーパーで買ってきたものをパクパク食っているのである。

もう一つは説明。たとえば『思い出トランプ』「はめ殺し窓」の、家のすぐ前の高等学校の運動場で生徒が上半身裸で体操するのを母親がはめ殺し窓からじっと見ていたとあるところ、もとの原稿では「本郷の向ケ岡に家があったわけでもあるまいに」と簡単に書いたのみであった。首藤が「これは何のことですか」ときく。

「この、母親が見ていたのは中学校だよ。むかしの高等学校はいまの高等学校とはちがうだろ」

「えっ、むかしの高校はいまの高校とちがうんですか。それじゃ説明を加えてください」

「ばかやろ。そんなことも知らんのはお前だけだ。読者はみんな知っている。ことごとしく説明をつけたりするのはかえって読んでくださる人に失礼だよ」

すると首藤は急にすわりなおしてひたとわたしの顔を見すえ、

「いえ、読者のなかにはきっとぼく程度の人もいます。むかしの中学校と高等学校について説明してください。お願いします」とがらにもなくまじめくさる。

いやだよそんなの、と言っても承知しない。戦前と戦後で学校制度がちがうことくらい日本の常識だよ、てて、やってられるかバカバカしい、戦前と戦後で学校制度がちがうことくらい日本の常識だよ、お前だけが特別に物知らずなんだ、自分が知らなきゃ人も知らんはずだと思うな、そんな無知でよくまあこれまで編集者をやってこられたものだ、とさんざんにののしる。首藤は馬耳東風と聞き流して、こちらがいいかげんわめきつかれたころ、「じゃあその日本の常識を書いてください」とシャアシャアと要求する。当方ついに根負けして、みっともないよまったく、とブツクサ言いながら「むかしの中学校は五年制の男子校で……」と、わかりきった説明を書く。

そんなふうにして、学校制度のことその他何やらかにやら、ずいぶん説明を加えさせられた。この調子だから、一週間くらいはすぐにたってしまうのである。

この両度にわたる合宿のほか、『クロワッサン』のバックナンバーをさがしてこい、とか、東邦生命の社史が見たい、とか言うと、どこで見つけるのかちゃんと手に入れてくるのも首藤なのだから、この本は、まあ言ってみれば首藤とわたしの合作みたいなものである。

わたしが向田邦子を知ったのは、彼女が飛行機事故で死んで、四年ちかくもたってからであった。一九八五（昭和六十）年三月のある日の日記にこうある。

〈藤堂先生の件で芦田と何度か電話した時、向田邦子を読めと言う。向田邦子を「発見」したのは丸山さんで、研究会の時にしきりに推薦するのでみんな読み出したとのこと。今日寺田屋で第一随筆集『父の詫び状』を買い、読む。なるほど、よい。云々〉

右文中の「藤堂先生」はわれわれの恩師藤堂明保先生。この年二月末になくなった。「芦田」は学生のころの友人芦田肇。「丸山さん」は丸山昇さん。向田邦子と同年輩で、東京池上の育ちである。「研究会」は中国現代文学の研究会で、もとより向田邦子とは無関係だが、あとの雑談の折にしきりに推薦したのだろう。寺田屋は相生の書店である。

右のごとく、わたしは芦田からの口コミで向田邦子を知り、読みはじめた。その芦田もまた丸山さんからの口コミである。向田邦子はその死後、おそらくこんなふうにして、日本のいろいろな階層でひろく読まれるようになっていったのだろう。

向田邦子の読みかたは人によってさまざまだろうが、わたしのばあいは、自分よりすこし前に自分と同じ道を歩いた人に、ずっとのちになってから出会った、という、そんな感じだった。

向田邦子もわたしも、人とはちがう道を歩いた。そして、多分そのために、家庭をもたなかった。

いまは、人とちがう道を歩くのも、家庭をもたないのも、すこしも奇異なことではない。いやそもそも、だれもが歩く——歩くことを要請される——手がたい道というものが、なくなりつつあるのかもしれない。また、向田邦子が四十代のなかばをすぎたころ、まるでトランプのマイナスが突然プラスになるように、家庭をもたない女が「シングルライフ」などともてはやされはじめたのは本文で見た通りだ。

しかし、昭和三十年代のころには、そうではなかった。人とちがう道を歩く者は、いつも周囲の無言の圧迫を感じて、ひけめをいだき、うつむいて歩かねばならなかった。それまで一流のコースをあゆんできた者ほどそうであった。

いまの人が見れば、映画雑誌の編集者からテレビドラマの台本作家になった向田邦子の経歴は、かがやかしいものにうつるかもしれない。しかし当時においては、それはまともでない、あるいはほとんどやくざな道だった。そして無論向田邦子は、周囲がどう見ようとどう思おうとへっちゃらなほど鈍感な人ではなかった。

わたしはと言えば、ちゃんとしたレースに出ながら途中で走るのをやめてしまった人間である。そのわたしから見れば、向田邦子の道は、さびしい、孤独な道である。

ひとことで言えば、向田邦子がわたしをひきよせたのは、そのひけめであった。こどものころいつも集団の先頭にいたのに、おとなになってコースからはずれてしまい、一人で脇道をとぼとぼ歩いた者が、おそらく必要以上に感ぜざるを得なかったひけめである。

そんなふうにわたしは、自分とかさねあわせて向田邦子を読んだ。だからこの本は、書き手が対象をおのれにひきつけすぎるかたむきが、大いにあるにちがいない。実際わたしは、向田邦子のことを書いているのか自分のことを書いているのか、わからなくなることがあった。が、それもいたしかたなかろう。これは「わたしの向田邦子」なのだから。

たまたま向田邦子についての本を書く約束をしたすぐあと、一九九五年の五月からわたしは、向田邦子が『無名仮名人名簿』以下の随筆を書いたその同じ週刊誌の同じ場所に連載コラムを書くことになった。向田邦子の随筆がその突然の死によって中断してから十四年ののちである。これも縁というものかもしれない。

おかげで、当時向田邦子の連載や単行本の担当だった編集者から話を聞くこともできた。なにしろぎりぎりまで書いてくれない人だから、しょっちゅうハラハラさせられたり、イライラしたりした。しかしハラハラもイライラも、原稿をもらって読んだらいっぺんに吹っ飛んだ。かならずいい原稿だったから。——編集者はそう言っていた。

作家には、死んだあと急速に読まれなくなる人と、死んだあといよいよ読まれる人とがある、と何かで見たことがある。向田邦子はあとのほうのピカ一である。なにしろ、はたして当人が書いたものそのままなのかどうかもはっきりしないテレビドラマの台本や、さらにはそれを他人が小説風に書きなおしたものまでが当人の著作として売れるのだから。

向田邦子は昭和にうまれ、昭和に死んだ。その作品は、昭和の記念碑としていつまでも読みつがれるだろう。わたしのこのささやかな本が、そのシッポにくっついて、一種のわがままで無遠慮な注釈書としてのこってくれたら……、と念じている。

おわりに、この本をお買いもとめくださったみなさまに心よりのお礼を申しあげます。ありがとうございました。

平成十二年六月　　　　高島俊男

高島俊男（たかしま・としお）
1937年生れ、兵庫県相生出身。東京大学大学院修了。
中国語学中国文学専攻。大学教員をへてフリー。
おもな著書——
『李白と杜甫』評論社。講談社学術文庫。
『水滸伝の世界』大修館書店。
『水滸伝と日本人』大修館書店。第五回大衆文学研究賞。
『三国志人物縦横談』大修館書店。
『中国の大盗賊』講談社現代新書。
『本が好き、悪口言うのはもっと好き』大和書房。
　第十一回講談社エッセイ賞。文春文庫。
『ほめそやしたりクサしたり』大和書房。
『寝言も本のはなし』大和書房。
『お言葉ですが…』文藝春秋。文春文庫。
『お言葉ですが…「それはさておき」の巻』文藝春秋。
『せがれの凋落　お言葉ですが…㈢』文藝春秋。
『お言葉ですが…④猿も休暇の巻』文藝春秋。
『水滸伝人物事典』講談社。
『漱石の夏やすみ——房総紀行「木屑録」』朔北社。

メルヘン誕生——向田邦子をさがして
二〇〇〇年七月五日　第一刷発行
著者　高島俊男
発行者　首藤知哉
発行所　株式会社いそっぷ社
〒一四六—〇〇八五
東京都大田区久が原五—五—九
電話　〇三（三七五四）八一一九
印刷・製本　大日本印刷株式会社

ISBN4-900963-13-5　C0095
定価はカバーに表示してあります。